CAMA DE GATO

KURT VONNEGUT JR.

CAMA DE GATO

2ª edição

TRADUÇÃO
Livia Koeppl

Aleph

Cama de gato

TÍTULO ORIGINAL:
Cat's Cradle

COPIDESQUE:
Cássia Zanon

REVISÃO:
Emanoelle Veloso

PROJETO GRÁFICO E DIAGRAMAÇÃO:
IO Design

ILUSTRAÇÃO:
Guilherme Manzi

CAPA:
Pedro Fracchetta

DADOS INTERNACIONAIS DE CATALOGAÇÃO NA PUBLICAÇÃO (CIP)
DE ACORDO COM ISBD

V945c   Vonnegut Jr., Kurt
Cama de gato / Kurt Vonnegut Jr. ; traduzido por Livia Koeppl. - 2. ed. - São Paulo : Aleph, 2025.
320 p. : 14cm x 21cm.

Tradução de: Cat's Cradle
ISBN: 978-85-7657-689-1

1. Literatura norte-americana. 2. Ficção científica. I. Koeppl, Livia. II. Título.

	CDD 813.0876
2024-3440	CDU 821.111(73)-3

ELABORADO POR ODILIO HILARIO MOREIRA JUNIOR - CRB-8/9949

ÍNDICES PARA CATÁLOGO SISTEMÁTICO:
1. Literatura : Ficção Norte-Americana 813.0876
2. Literatura norte-americana : Ficção 821.111(73)-3

COPYRIGHT © KURT VONNEGUT, JR., 1963
COPYRIGHT RENOVADO © KURT VONNEGUT, JR., 1991
COPYRIGHT © EDITORA ALEPH, 2025

TODOS OS DIREITOS RESERVADOS. PROIBIDA A REPRODUÇÃO,
NO TODO OU EM PARTE, ATRAVÉS DE QUAISQUER MEIOS
SEM A DEVIDA AUTORIZAÇÃO.

Rua Bento Freitas, 306 - Conj. 71 - São Paulo/SP
CEP 01220-000 • TEL 11 3743-3202
www.editoraaleph.com.br

 @editoraaleph
 @editora_aleph

Para Kenneth Littauer,
um homem de elegância e bom gosto

Nada neste livro é verdadeiro.

"Viva de acordo com os *fomas** que o tornam corajoso e gentil e saudável e feliz."

Os livros de Bokonon. I:5

*Mentiras inofensivas.

1

O dia em que o mundo acabou

Me chame de Jonah. Meus pais me chamavam assim, ou quase assim. Eles me chamavam de John.

Jonah — John... Se eu fosse um Sam, ainda assim seria um Jonah — não porque tenho dado azar aos outros, mas porque alguém ou algo me obrigou a estar, inevitavelmente, em determinados lugares, em determinados momentos. Os meios e os motivos, ao mesmo tempo convencionais e bizarros, me foram fornecidos. E, de acordo com o plano, a cada segundo indicado, a cada lugar indicado, este Jonah estava lá.

Escute:

Quando eu era mais jovem — duas esposas atrás, 250 mil cigarros atrás, 3 mil litros de birita atrás...

Quando eu era bem mais jovem, comecei a coletar material para um livro que se chamaria *O dia em que o mundo acabou*.

O livro era para ser baseado em fatos reais.

O livro seria um relato do que norte-americanos ilustres fizeram no dia em que a primeira bomba atômica foi lançada em Hiroshima, no Japão.

Era para ser um livro cristão. Na época eu era cristão.

Hoje sou bokononista.

Eu teria sido bokononista naquele tempo, se houvesse alguém para me ensinar as mentiras agridoces de Bokonon. Mas o bokononismo era desconhecido para além das praias de cascalho e corais afiados que circundam essa ilhota do Mar do Caribe, a República de San Lorenzo.

Nós, bokononistas, acreditamos que a humanidade é organizada em equipes, equipes que realizam a Vontade de Deus, sem nunca descobrir o que estão fazendo. Bokonon chamou equipes como essas de *karass,* e o instrumento, de *kan-kan,* e o *kan-kan* que me levou até meu *karass* particular foi o livro que nunca terminei de escrever, o livro que era para se chamar *O dia em que o mundo acabou.*

2

Lindo, lindo, muito lindo

"Se você descobre sua vida enrolada com a de outra pessoa por motivos não muito lógicos", escreve Bokonon, "é possível que essa pessoa seja um membro de seu *karass*."

Em outro ponto de *Os livros de Bokonon*, ele nos diz: "O homem criou o tabuleiro de xadrez; Deus criou o *karass*". Com isso ele quer dizer que um *karass* ignora fronteiras nacionais, institucionais, profissionais, familiares e de classe social.

Tem a forma tão livre como a de uma ameba.

Em seu "Calipso 53", Bokonon nos convida a cantar com ele:

>Oh, um grande bebum
>No Central Park dormindo,
>E um caçador de leões,
>Na selva escura agindo,
>E um dentista chinês,
>E uma rainha inglesa...
>Todos servindo
>Na mesma empresa.

Lindo, lindo, muito lindo;
Lindo, lindo, muito lindo;
Lindo, lindo, muito lindo...
Tanta gente diferente
O mesmo plano cumprindo.

3

Tolice

Em nenhuma parte de sua obra Bokonon critica as pessoas que tentam descobrir os limites de seu *karass* e a natureza do trabalho que Deus Todo-Poderoso o fez realizar. Bokonon só observa que tais investigações estão fadadas a serem incompletas.

Na parte autobiográfica de *Os livros de Bokonon*, ele escreve uma parábola sobre a tolice que é fingir perceber, compreender:

> Certa vez, conheci uma senhora da igreja Episcopal de Newport, Rhode Island, que me pediu para projetar e construir uma casinha de cachorro para seu dogue alemão. A mulher dizia entender perfeitamente Deus e Seus Métodos de Trabalho. Ela não conseguia entender por que as pessoas ficavam intrigadas com o passado ou o futuro.
>
> No entanto, quando mostrei a planta da casinha de cachorro que pretendia construir, ela me disse: "Desculpe, mas nunca consegui interpretar essas coisas".
>
> "Peça a seu marido ou a seu pastor para entregar isto a Deus", eu disse, "e, quando Deus tiver um tempinho, tenho

certeza de que Ele vai lhe explicar esta minha casinha de cachorro de uma forma que até mesmo você possa entender."

Ela me demitiu. Jamais me esquecerei dessa senhora. Ela acreditava que Deus gostava mais das pessoas que navegavam em veleiros do que das que pilotavam lanchas. Não conseguia nem olhar para uma minhoca. Quando via uma minhoca, começava a berrar.

Era uma tola, e eu também, assim como todo mundo que acha que conhece os Desígnios de Deus [escreve Bokonon].

4

Um hesitante emaranhado de trepadeiras

Seja como for, neste livro pretendo incluir o máximo possível de membros de meu *karass* e quero examinar todas as pistas concretas que expliquem o que raios nós, coletivamente, viemos fazer aqui.

Não tenho intenção de transformar este livro em um tratado em favor do bokononismo. No entanto, gostaria de dar um conselho bokononista a respeito dele. A primeira frase que aparece em *Os livros de Bokonon* é esta:

"Todas as verdades que estou prestes a contar são mentiras descaradas."

Meu conselho bokononista é este:

Quem for incapaz de entender como uma religião benéfica pode ser baseada em mentiras também não vai entender este livro.

Que assim seja.

Bom, sobre meu *karass*.

Certamente ele inclui os três filhos do dr. Felix Hoenikker, um dos chamados "pais" da primeira bomba atômica. O próprio dr. Hoenikker, sem dúvida, foi membro de meu *karass*, apesar de ter morrido antes que meus *sinookas*, as trepadeiras de minha vida, começassem a se enrolar com as de seus filhos.

O primeiro de seus herdeiros a ser tocado por meus *sinookas* foi Newton Hoenikker, o caçula de seus três filhos. Descobri pela revista de minha fraternidade, a *Delta Upsilon Quarterly*, que Newton Hoenikker, filho de Felix Hoenikker, físico ganhador do Nobel, fez o juramento em minha irmandade, a irmandade de Cornell.

Então, escrevi esta carta para Newt:

> Prezado sr. Hoenikker:
>
> Ou devo dizer prezado *irmão* Hoenikker?
>
> Sou um ex-aluno de Cornell, membro da Delta Upsilon, ganhando a vida atualmente como escritor freelancer. Estou reunindo material para um livro sobre a primeira bomba atômica. O conteúdo vai tratar somente dos incidentes ocorridos em 6 de agosto de 1945, dia em que a bomba foi lançada sobre Hiroshima.
>
> Já que seu falecido pai é geralmente identificado como um dos principais inventores da bomba, se não se importar, gostaria muito de conhecer alguma coisa que puder me contar sobre o cotidiano na casa de seu pai no dia em que jogaram a bomba.
>
> Lamento dizer que não sei tanto sobre sua ilustre família quanto deveria, e nem sei se você tem irmãos. Se tiver, adoraria que me enviasse seus endereços, a fim de lhes mandar uma carta como esta.
>
> Sei que você era muito jovem quando a bomba foi lançada, o que é ainda melhor. Meu livro vai destacar o lado *humano*

da bomba, em vez do lado *técnico*, ou seja, se eu conseguisse lembranças daquele dia pelos olhos de um "moleque", se me perdoa a expressão, seria simplesmente perfeito.

Não se preocupe com o estilo e a forma de escrever. Deixe isso comigo. Só me dê a essência de sua história.

É claro que vou lhe enviar a versão final do livro, para sua aprovação antes da publicação.

Fraternalmente...

5

Carta de um estudante de medicina

A resposta de Newt:

Desculpe ter demorado tanto para responder sua carta. Parece ser bem interessante esse livro que você está escrevendo. Eu era tão novo quando a bomba foi lançada que não sei se posso ajudar muito. Você deveria falar com meus irmãos, que são mais velhos do que eu. Minha irmã é a sra. Harrison C. Conners, ela mora na rua North Meridian, 4918, em Indianápolis, Indiana. Esse também é o meu endereço de casa atual. Acho que ela ficará feliz em ajudá-lo. Ninguém sabe onde está meu irmão Frank. Ele desapareceu logo após o funeral do nosso pai, dois anos atrás, e desde então ninguém mais ouviu falar dele. Pelo que sabemos, pode até já ter morrido.

Como eu tinha apenas 6 anos quando lançaram a bomba atômica em Hiroshima, qualquer coisa de que me lembre daquele dia será apenas o que outras pessoas me ajudaram a lembrar.

Lembro que estava brincando no tapete da sala de estar, do lado de fora do escritório de meu pai em Ilium, Nova York.

A porta estava aberta, e dava para vê-lo lá dentro. Ele estava de pijama e roupão de banho. Fumava um charuto. Brincava com um pedaço de barbante. Naquele dia, meu pai não tinha ido ao laboratório, ficou o tempo todo em casa, de pijama. Ele ficava em casa sempre que queria.

Como você provavelmente já sabe, meu pai passou quase toda a sua vida profissional trabalhando para o Laboratório de Pesquisa da General Forge and Foundry Company, em Ilium. Quando surgiu o Projeto Manhattan, o projeto da bomba, meu pai não saiu de Ilium para trabalhar nele. Disse que não participaria a não ser que o deixassem trabalhar onde quisesse. A maior parte do tempo ele fazia isso em casa. O único lugar aonde gostava de ir, fora Ilium, era nosso chalé em Cape Cod. Ele morreu em Cape Cod. Foi numa véspera de Natal. Provavelmente você também já sabe disso.

Enfim, no dia da bomba, eu estava brincando no tapete do lado de fora do escritório dele. Minha irmã, Angela, disse que eu costumava brincar por horas com pequenos caminhões de brinquedo, fazendo sempre o barulho do motor com a boca, dizendo "vrum, vrum, vrum". Então, no dia da bomba, imagino que estivesse dizendo "vrum, vrum, vrum", enquanto meu pai, no escritório, brincava com o pedaço de barbante.

Acontece que eu sei de onde veio esse barbante com que ele brincava. Talvez você possa usar isso em alguma parte do livro. Meu pai tirou o barbante do manuscrito de um romance que um presidiário havia mandado para ele. O romance se passava no ano 2000 e era sobre o fim do mundo, o título era *2000 d.C.* Falava sobre como uns cientistas malucos criaram uma bomba terrível que exterminou o mundo todo. Quando as pessoas souberam que o mundo ia acabar, houve uma grande orgia sexual, e então, dez segundos antes de a bomba explodir, Jesus Cristo em Pessoa apareceu. O autor se chamava Marvin Sharpe Holderness e ele disse a meu pai, numa carta de apresentação à parte, que estava preso por ter matado o próprio irmão. Mandou o manuscrito porque não sabia que tipo de explosivo colocar na tal bomba. Pensou que talvez meu pai pudesse lhe dar algumas sugestões.

Não quero dizer que li o livro quando tinha 6 anos. Ficou lá em casa por anos. Meu irmão Frank o confiscou por causa das partes picantes. Frank o escondeu no que chamava de "cofre de segurança" de seu quarto. Na verdade, não era bem um cofre, só uma velha chaminé de fogão com tampa de estanho. Eu e Frank devemos ter lido umas mil vezes a parte da orgia quando éramos garotos. Guardamos o livro por anos, e então minha irmã Angela o encontrou. Ela leu e disse que aquilo não passava de um monte de imundícies. Queimou o livro, e o barbante também. Ela era uma mãe para mim e para Frank, já que nossa mãe de verdade morreu quando eu nasci.

Meu pai nunca leu o livro, tenho certeza disso. Não acredito que tenha lido um romance ou mesmo um conto em toda a sua vida, ou pelo menos não desde que era criança. Também não lia cartas, revistas ou jornais. Imagino que lesse um monte de periódicos científicos, mas, para dizer a verdade, não lembro de vê-lo lendo nada.

Como disse, a única coisa que ele queria do manuscrito era o barbante que o prendia. Ele era assim. Ninguém conseguia prever o que lhe interessaria no minuto seguinte. No dia da bomba, era o barbante.

Já leu o discurso que ele fez ao receber o Prêmio Nobel? O discurso todo é o seguinte: "Senhoras e senhores. Estou diante de vocês neste momento porque nunca deixei de perambular por aí como um menino de 8 anos a caminho da escola, em uma manhã de primavera. Qualquer coisa pode me fazer parar, olhar, imaginar e, às vezes, aprender. Sou um homem muito feliz. Obrigado".

Enfim, meu pai ficou olhando para o pedaço de barbante por um tempo, e então seus dedos começaram a brincar com ele. Seus dedos formaram no barbante a figura que chamamos de "cama de gato". Não sei onde meu pai aprendeu a fazer isso. Com o pai *dele*, talvez. Seu pai era alfaiate, sabe, então acho que, quando era criança, ele tinha fios e barbantes à vontade o tempo todo.

Fazer aquela cama de gato foi o mais próximo que vi meu pai chegar de brincar com o que chamamos de jogo. Para ele, truques, jogos e regras inventados por outras pessoas não tinham nenhuma utilidade. Em um álbum de recortes que minha irmã Angela guardava, havia um artigo recortado da revista *Time* em que alguém perguntava ao meu pai que tipo de jogo costumava jogar nos momentos de lazer, ao que ele respondeu: "Por que me preocupar com jogos de mentira quando existem tantos jogos de verdade acontecendo?".

Ele deve ter ficado surpreso de se ver fazendo uma cama de gato com o barbante, e talvez isso o tenha feito se lembrar da própria infância. De repente, do nada, saiu do escritório e fez algo que nunca fizera antes. Tentou brincar comigo. Não só ele nunca havia brincado comigo antes como praticamente nunca falara comigo.

Mas se ajoelhou ao meu lado no tapete, arreganhou os dentes e balançou aquele barbante emaranhado diante do meu rosto. "Está vendo? Está vendo? Está vendo?", ele perguntou. "Cama de gato. Está vendo a cama de gato? Está vendo onde dorme o gatinho bonzinho? Miau. Miau."

Os poros do seu rosto pareciam grandes como crateras lunares. As orelhas e narinas eram cheias de pelos. A fumaça de charuto fazia com que ele fedesse como a boca do inferno. Tão de perto, meu pai era a coisa mais feia que eu já tinha visto. Sonho com isso o tempo todo.

E então ele cantou. "Nana, nana, gatinho, em cima da árvore, quentinho", e continuou cantando, "quando o vento sopra, a caminha se dobra. Se o galho quebrar, a caminha vai despencar. Para baixo, para baixo a caminha vai, e zás, cai com gato e tudo mais."

Caí no choro. Levantei e corri para fora de casa o mais rápido que pude.

Tenho que parar por aqui. Já passa das duas da manhã. Meu colega de quarto acabou de acordar e reclamou do barulho da máquina de escrever.

6

Lutas de insetos

Newt retomou a carta na manhã seguinte. Continuou assim:

> Manhã seguinte. Lá vou eu, novo em folha após oito horas de sono. A fraternidade está bem silenciosa agora. Todo mundo está na aula, menos eu. Sou uma pessoa com muitos privilégios. Não preciso mais ir às aulas. Fui reprovado na semana passada. Queria estudar medicina. Fizeram bem em me reprovar. Eu daria um péssimo médico.
> Depois que terminar esta carta, acho que vou ao cinema. Ou, se o sol sair, talvez dê uma volta até um dos desfiladeiros. Os desfiladeiros daqui não são lindos? Neste ano, duas garotas pularam de um, de mãos dadas. Não tinham conseguido entrar na fraternidade que queriam. Elas queriam entrar na Tri-Delta.
> Mas voltando ao 6 de agosto de 1945. Várias vezes minha irmã Angela me disse que feri de verdade os sentimentos do meu pai naquele dia, quando não apreciei a sua cama de gato, quando não fiquei sentado com ele no tapete ouvindo-o cantar. Talvez eu tenha mesmo ferido seus sentimentos, mas não acho que poderia feri-lo seriamente. Era um dos seres humanos mais blindados que já viveram. Ninguém conseguia chegar até ele, porque não estava interessado nas pessoas.

Uma vez, um ano antes de sua morte, me lembro de que tentei fazê-lo me contar algo sobre minha mãe. Ele não conseguia se lembrar de nada sobre ela.

Já ouviu a famosa história do café da manhã, do dia em que minha mãe e meu pai partiriam para a Suécia para que ele recebesse o Prêmio Nobel? Publicaram no *The Saturday Evening Post*. Minha mãe preparou um café da manhã maravilhoso. E então, quando ela estava tirando a mesa, encontrou uma moeda de 25 centavos, uma de dez e mais três centavos dentro da xícara de café do meu pai. Ele tinha dado gorjeta para ela.

Depois de ferir meu pai tão terrivelmente, se é que foi isso mesmo que fiz, corri para o quintal. Não fazia ideia de aonde estava indo até encontrar meu irmão Frank sob um grande canteiro de rosáceas. Frank tinha 12 anos à época, e não fiquei surpreso de encontrá-lo. Ele passava bastante tempo lá embaixo nos dias quentes. Como um cachorro, tinha feito um buraco na terra fresca em volta das raízes. Nunca dava para saber o que Frank levaria para baixo do arbusto. Numa ocasião era um livro de sacanagem. Numa outra vez, uma garrafa de xerez de cozinha. No dia em que lançaram as bombas, eram uma colher de sopa e um pote de conserva. Ele empurrava com a colher diversos insetos para dentro do pote e os fazia lutar entre si.

A luta de insetos era tão interessante que me fez parar de chorar na hora... esqueci completamente do velho. Não lembro quais insetos Frank tinha posto para lutar no pote naquele dia, mas me lembro de outras lutas de insetos que encenamos depois: um besouro lucano contra cem formigas vermelhas, uma centopeia contra três aranhas, formigas vermelhas contra formigas negras. Eles só lutavam se sacudíssemos o pote. E era o que Frank estava fazendo: sacudindo, sacudindo o pote.

Depois de um tempo, Angela veio atrás de mim. Levantou um galho do canteiro e disse: "Aí está você!". Perguntou a Frank o que achava que estava fazendo e ele disse: "Experiências". Era o que Frank sempre respondia quando lhe perguntavam o que ele achava que estava fazendo. Ele sempre dizia: "Experiências".

Na época, Angela tinha 22 anos. Era a verdadeira chefe da família desde os 16, quando minha mãe morreu, e eu nasci. Costumava dizer que tinha três filhos — eu, Frank e o nosso pai. Não estava fazendo drama. Me lembro das manhãs geladas em que ela nos punha em fila no hall de entrada e nos agasalhava, tratando a todos do mesmo jeito. A única diferença é que eu ia para o jardim de infância, Frank para o ensino médio e nosso pai para o laboratório, trabalhar na bomba. Lembro que um dia de manhã o aquecimento a óleo havia estragado, o encanamento estava congelado e o carro não ligava. Ficamos os três sentados enquanto Angela tentava fazer o carro pegar, até que a bateria arriou completamente. E então meu pai falou. Sabe o que ele disse? Ele disse: "Fico pensando nas tartarugas". "O que têm as tartarugas?", Angela perguntou a ele. "Quando elas põem a cabeça para dentro", ele disse, "a coluna delas se curva ou se contrai?"

A propósito, Angela foi uma das heroínas anônimas da bomba atômica, e acho que ninguém conhece essa história. Talvez você possa usá-la no livro. Depois do episódio da tartaruga, meu pai ficou tão interessado em tartarugas que parou de trabalhar na bomba atômica. Algumas pessoas do Projeto Manhattan apareceram em casa e perguntaram a Angela o que fazer. Ela lhes disse para sumirem com as tartarugas dele. Então, uma noite, entraram no laboratório do meu pai e roubaram todas as tartarugas, e também o aquário. Meu pai nunca disse uma só palavra a respeito do sumiço das tartarugas. Simplesmente foi trabalhar no dia seguinte e procurou novas coisas para brincar e pensar a respeito, e tudo o que havia lá tinha alguma relação com a bomba.

Quando Angela me tirou do arbusto, perguntou o que havia acontecido entre mim e nosso pai. Fiquei repetindo sem parar que o pai era feio, muito feio, e disse o quanto eu o odiava. Ela me deu um tapa. "Como ousa dizer isso do seu pai?", disse. "É um dos homens mais inteligentes que já viveram! Hoje ele ganhou a guerra! Não percebe? Ele ganhou a guerra!", e me deu outro tapa.

Não culpo Angela por ter me batido. O nosso pai era tudo que ela tinha na vida. Não tinha namorado. Não tinha nenhum amigo. Tinha apenas um hobby: tocava clarinete.

Eu disse a ela novamente o quanto odiava o nosso pai, ela me estapeou de novo, e então Frank saiu do canteiro e lhe deu um soco no estômago. Machucou bastante. Ela caiu e rolou no chão. Quando recuperou o fôlego, chorou e gritou pelo nosso pai.

"Ele não virá", disse Frank, rindo dela. Tinha razão. O pai botou a cabeça para fora da janela e viu Angela e eu rolando no chão, berrando, e Frank de pé à nossa frente, rindo. O velho colocou a cabeça para dentro de casa de novo e nem ao menos perguntou depois que escândalo todo era aquele. Pessoas não eram sua especialidade.

Isso já serve? Já é de alguma ajuda para o livro? Claro, você restringiu minha narrativa quando pediu para me ater ao dia da bomba. Tem muitas histórias boas sobre nosso pai e a bomba que aconteceram em outros dias. Por exemplo, você conhece a história do meu pai, do dia em que testaram a bomba pela primeira vez em Alamogordo?* Depois que ela explodiu, depois que ficou claro que os Estados Uxnidos poderiam arrasar uma cidade inteira com apenas uma bomba, um cientista virou-se para meu pai e disse: "Agora a ciência sabe o que é pecado". E sabe o que meu pai falou? Ele disse: "O que é pecado?".

Tudo de bom,
Newton Hoenikker

---

* Cidade do Novo México, Estados Unidos, onde foi testada a primeira bomba atômica, em 16 de julho de 1945. [N. de E.]

7

Os ilustres Hoenikker

Newt adicionou estes três *postscripta* à sua carta:

P.S. 1: Não posso assinar "fraternalmente" porque não vão me deixar ser seu irmão, por causa das minhas notas. Só estava tentando ser aceito na fraternidade e agora até isso vão tirar de mim.

P.S. 2: Você chama nossa família de "ilustre", mas acho que talvez seja um erro usar esse termo em seu livro. Por exemplo, eu sou anão — tenho 1,20 metro de altura. E a última notícia que tivemos do meu irmão Frank foi que ele estava sendo procurado pela polícia da Flórida, pelo FBI e pelo Departamento do Tesouro por contrabandear carros roubados para Cuba transportados em navios da Segunda Guerra Mundial. Ou seja, tenho certeza de que "ilustre" não é bem a palavra certa para nós. "Fascinante" é provavelmente algo mais próximo da verdade.

P.S. 3: Vinte e quatro horas depois. Reli esta carta e vi que podem achar que não faço nada a não ser lembrar de coisas tristes e sentir pena de mim mesmo. Na verdade, sou uma pessoa de muita sorte e sei disso. Estou prestes a me casar com uma garota maravilhosa. Há amor suficiente para todos neste mundo, basta prestar atenção. Sou a prova viva disso.

8

O caso de Newt e Zinka

Newt não me contou quem era a sua namorada. Mas, cerca de duas semanas depois, escreveu dizendo que o país inteiro sabia que seu nome era Zinka — só Zinka. Aparentemente, ela não tinha sobrenome.

Zinka era uma anã ucraniana, dançarina na Companhia de Dança Borzoi. Acontece que Newt viu uma apresentação dessa companhia em Indianápolis antes de ir para Cornell. E depois a companhia dançou também em Cornell. Assim que o espetáculo em Cornell acabou, lá estava o pequeno Newt esperando nos bastidores com uma dúzia de rosas de hastes longas do tipo *Beleza americana*.

Quando a pequena Zinka pediu asilo político nos Estados Unidos, os jornais aproveitaram a história, e logo depois ela e o pequeno Newt desapareceram.

Uma semana após o caso, a pequena Zinka se apresentou à embaixada russa. Ela disse que os americanos eram muito materialistas. Disse que queria voltar para casa.

Newt buscou refúgio na casa da irmã, em Indianápolis. Deu uma breve declaração à imprensa: "Foi uma questão particular", disse ele, "um assunto do coração. Não me arrependo de nada. O que aconteceu não é da conta de ninguém, só interessa a Zinka e a mim".

Um persistente repórter americano que estava em Moscou investigou Zinka entre seus colegas de dança e fez a desagradável descoberta de que Zinka não tinha, como alegava, apenas 23 anos.

Tinha 42 — idade suficiente para ser mãe de Newt.

9

Vice-presidente dos vulcões

Por um tempo, deixei de lado meu livro sobre o dia da bomba.

Cerca de um ano depois, dois dias antes do Natal, outro assunto me fez passar perto de Ilium, Nova York, cidade em que o dr. Felix Hoenikker realizou a maior parte do seu trabalho; onde o pequeno Newt, Frank e Angela passaram seus anos de formação.

Parei em Ilium para ver o que desse para ver.

Não havia sobrado nenhum Hoenikker vivo em Ilium, mas muita gente alegava ter conhecido bem o velho e seus três filhos estranhos.

Marquei um encontro com o dr. Asa Breed, vice-presidente do Laboratório de Pesquisa da General Forge and Foundry Company. Acho que o dr. Breed também era membro do meu *karass*, embora não tenha simpatizado comigo logo de cara.

"Gostar e não gostar não têm nada a ver com isso", diz Bokonon — um conselho fácil de esquecer.

— Ouvi dizer que o senhor foi supervisor do dr. Hoenikker durante a maior parte da vida profissional dele — disse ao dr. Breed pelo telefone.

— Só no papel — ele respondeu.
— Não entendi — eu disse.
— Se supervisionei o Felix — disse ele —, então já posso supervisionar os vulcões, as ondas do mar e a migração dos pássaros e dos lemingues. O homem era uma força da natureza que nenhum mortal seria capaz de controlar.

10

Agente Secreto X-9

O dr. Breed marcou comigo um encontro para a manhã seguinte. Ele disse que me buscaria no hotel quando saísse para trabalhar, simplificando assim minha entrada no superprotegido Laboratório de Pesquisa.

Eu tinha, portanto, uma noite para matar em Ilium. Já estava no lugar em que começava e terminava a vida noturna de Ilium, o Hotel Del Prado. O Cape Cod Room, bar do hotel, era um ponto de prostitutas.

Acontece — "como *era* para acontecer", Bokonon diria — que a prostituta ao meu lado no bar e o barman que me atendia haviam frequentado o colégio com Franklin Hoenikker, o terror dos insetos, o filho do meio, o desaparecido.

A prostituta, que dizia se chamar Sandra, me ofereceu deleites só comparáveis aos prazeres obtidos na Place Pigalle e em Port Said.* Eu disse que não estava interessado, e ela foi esperta o bastante para dizer que também não estava realmente interessada. No final, ambos havíamos superestimado nossa indiferença, mas não muito.

---

* Place Pigalle, praça de Paris localizada no bairro boêmio de Montmartre, famosa pelos *sex shops* e por ser um ponto de prostituição. Port Said, cidade do Egito, muito turística e famosa pela vida noturna agitada. [N. de E.]

Porém, antes de cedermos à paixão, falamos de Frank Hoenikker, falamos sobre o velho e falamos também um pouco de Asa Breed, e falamos da General Forge and Foundry Company, e falamos do papa e de controle de natalidade, de Hitler e dos judeus. Falamos sobre mentiras. Falamos sobre a verdade. Falamos sobre mafiosos, falamos sobre negócios. Falamos de gente boa e pobre que vai para a cadeira elétrica e falamos dos ricos safados que não vão. Falamos sobre religiosos pervertidos. Falamos sobre um monte de coisas.

Ficamos bêbados.

O barman tratava Sandra muito bem. Gostava dela. Tinha respeito por ela. Ele me disse que Sandra tinha sido presidente do Comitê de Cores da sua turma, na escola de Ilium. No terceiro ano do ensino médio, ele explicou, toda turma precisava escolher cores diferentes e então usá-las com orgulho.

— Que cores você escolheu? — perguntei.

— Laranja e preto.

— Boas cores.

— Também acho.

— Franklin Hoenikker também fazia parte do Comitê de Cores?

— Ele não participava de nada — disse Sandra, com desdém. — Nunca fez parte de nenhum comitê, nunca fez nenhum esporte, nunca saiu com uma garota. Acho que ele nunca nem sequer falou com uma garota. Costumávamos chamá-lo de Agente Secreto X-9.*

— X-9?

— Sabe, sempre agindo como se vivesse em dois mundos paralelos e não pudesse falar com ninguém sobre isso.

---

* Personagem de história em quadrinhos criado pelo escritor de romances *noir* Dashiell Hammett e o desenhista Alex Raymond, criador de *Flash Gordon*. [N. de E.]

— Talvez ele realmente *tivesse* uma vida secreta muito intensa — sugeri.

— Que nada.

— Que nada — sorriu o barman, desdenhosamente. — Era só um desses garotos que montavam aeromodelos e batiam punheta o tempo todo.

11

Proteína

— Era para ele fazer um discurso na nossa formatura — disse Sandra.
— Quem? — perguntei.
— O velho, o dr. Hoenikker.
— O que ele disse?
— Ele não apareceu.
— Então vocês não tiveram um discurso de formatura?
— Ah, tivemos, sim. O dr. Breed, esse que você vai encontrar amanhã, apareceu, todo esbaforido, e falou umas palavras.
— O que ele disse?
— Disse que esperava que muitos de nós fôssemos trabalhar em áreas científicas — respondeu. Ela não via nada de engraçado naquilo. Estava recordando um ensinamento que a havia impressionado. Repetia fielmente cada palavra dita por ele, buscando na memória: — Ele disse que o problema com o mundo era...
Precisou parar e pensar.
— O problema com o mundo era — continuou, hesitante — que as pessoas ainda eram supersticiosas em vez de acreditarem

na ciência. Disse que, se todo mundo estudasse mais ciências, não haveria tantos problemas.

— Ele disse que um dia a ciência descobriria o segredo da vida — o barman completou. Coçou a cabeça e franziu as sobrancelhas. — Não deu outro dia no jornal que eles finalmente descobriram o que era?

— Não li essa matéria — murmurei.

— Eu vi isso — disse Sandra. — Foi uns dois dias atrás.

— Isso mesmo — disse o barman.

— Qual é o segredo da vida? — perguntei.

— Esqueci — disse Sandra.

— Proteína — declarou o barman. — Descobriram alguma coisa sobre proteína.

— Sim — disse Sandra. — Isso mesmo.

12

Delícia do Fim do Mundo

Um barman mais velho veio se juntar à nossa conversa no bar Cape Cod Room, no Hotel Del Prado. Quando soube que eu estava escrevendo um livro sobre o dia da bomba, ele me contou como havia sido aquele dia para ele, como havia sido o dia naquele mesmo bar em que estávamos sentados. Falava com uma voz nasalada de W. C. Fields* e tinha um nariz vermelho como um grande morango maduro.

— Naquela época, o bar não se chamava Cape Cod Room — disse ele. — Não tínhamos essas *balditas* redes e conchas por toda parte. O bar se chamava Tenda Navajo naquela época. Tinha mantas indígenas e crânios de vacas pendurados nas paredes. Tinha pequenos tambores nas mesas. As pessoas deveriam tocar os tambores quando quisessem fazer o pedido. Tentaram me obrigar a usar um cocar, mas me recusei. Um dia, um índio navajo de verdade entrou no bar e me disse que os navajos não viviam em tendas. "Isso é uma *baldita* vergonha", eu disse a ele.

---

* Famoso comediante, ator e escritor norte-americano do começo do século 20. Era conhecido pela voz nasalada e pelo mau humor dos seus personagens. [N. de E.]

Antes, isso aqui era o Bar Pompeia, com bustos de gesso por toda parte. Mas não importa que nome deem ao bar, nunca mudam os *balditos* lustres. As *balditas* pessoas que vêm aqui nunca mudam e nem essa *baldita* cidade aí fora. No dia em que jogaram a *baldita* bomba de Hoenikker nos japoneses, um vagabundo entrou e tentou filar um drinque. Queria que eu lhe desse um drinque de graça porque o mundo estava acabando. Então, preparei para ele um coquetel "Delícia do Fim do Mundo". Coloquei uma dose de creme de menta num abacaxi oco, acrescentei chantili e pus uma cereja em cima. "Pronto, seu filho da puta miserável", eu disse a ele, "para não dizer que nunca fiz nada por você." Outro cara entrou dizendo que ia largar o emprego no Laboratório de Pesquisa; disse que todo projeto de cientista fatalmente acaba virando uma arma, de um jeito ou de outro. Falou que não queria mais ajudar os políticos com suas *balditas* guerras. O sobrenome dele era Breed. Perguntei se ele era parente do chefe daquele *baldito* Laboratório de Pesquisa. Ele disse que era um *baldito* parente, sim. Disse que era o *baldito* filho do chefe do Laboratório de Pesquisa.

13

O ponto de partida

Ah, Deus, que cidade feia é Ilium!

"Ah, Deus", diz Bokonon, "que cidade feia é toda cidade!"

Uma chuva de granizo caía através de uma manta inerte de neblina e poluição. Era bem cedo. Eu estava no banco do passageiro do sedã Lincoln do dr. Asa Breed. Estava me sentindo meio enjoado, ainda um pouco bêbado da noite anterior. O dr. Breed dirigia. Os trilhos de uma antiga linha de bondes, há muito abandonada, ficavam prendendo nas rodas do carro.

Breed era um velho rosado, de aparência muito próspera, maravilhosamente vestido. Tinha maneiras civilizadas, otimistas, capazes, serenas. Eu, por outro lado, estava me sentindo irritado, doente, cínico. Havia passado a noite com Sandra.

Minha alma parecia fedorenta como fumaça de pelo de gato queimado.

Eu pensava o pior de todo mundo e sabia algumas coisas bem sórdidas sobre o dr. Asa Breed, coisas que Sandra havia me contado.

Sandra me disse que todo mundo em Ilium acreditava que o dr. Breed havia se apaixonado pela esposa de Felix Hoenikker.

Falou que a maioria das pessoas achava que Breed era o pai dos três filhos de Hoenikker.

— Você já conhece Ilium? — perguntou-me subitamente o dr. Breed.

— É minha primeira visita.

— É uma cidade de família.

— Como?

— Não tem muita vida noturna. A vida de todo mundo gira praticamente em torno da família e da casa.

— Parece bem saudável.

— E é. Temos pouquíssima delinquência juvenil.

— Que bom.

— Sabe, a história de Ilium é bem interessante.

— Que interessante.

— Sabe, aqui costumava ser o ponto de partida.

— Como?

— Da migração para o oeste.

— Ah.

— As pessoas costumavam se equipar aqui antes da viagem.

— Isso é muito interessante.

— Mais ou menos onde agora fica o Laboratório de Pesquisa havia a velha paliçada da cidade. Também era onde faziam os enforcamentos públicos de todo o condado.

— Já naquela época o crime não compensava, imagino.

— Em 1782, enforcaram aqui um homem que havia assassinado 26 pessoas. Sempre penso que um dia alguém deveria escrever um livro sobre ele. George Minor Moakely. Ele cantou uma canção no cadafalso. Cantou uma canção que havia composto para a ocasião.

— Sobre o que era a canção?

— Você consegue achar a letra na Sociedade Histórica da cidade, se estiver mesmo interessado.

— Só queria saber qual era o tema geral.

— Ele não se arrependia de nada.

— Algumas pessoas são assim.

— Pense nisso! — falou o dr. Breed. — Ele tinha 26 pessoas em sua consciência!

— Coisa de louco — eu disse.

14

Quando os automóveis tinham vasos de vidro

Minha cabeça nauseada oscilava sobre meu pescoço rígido. Os trilhos do bonde encaixaram novamente nas rodas do reluzente Lincoln do dr. Breed.

Perguntei a ele quantas pessoas tentavam chegar à General Forge and Foundry Company às oito da manhã, e ele me respondeu: 30 mil.

Em cada cruzamento, policiais com capas de chuva amarelas desmentiam com suas luvas brancas os sinais de pare e siga dos semáforos.

Os sinais de pare e siga, fantasmas de cor berrante brotando entre a chuva de granizo, repetiam sem parar a mesma brincadeira, dizendo à massa de automóveis o que fazer. Verde queria dizer vá. Vermelho queria dizer pare. Amarelo queria dizer o sinal vai mudar, tenha cuidado.

O dr. Breed me contou que o dr. Hoenikker, quando jovem, simplesmente abandonou seu carro em um engarrafamento de Ilium certa manhã.

— A polícia, tentando descobrir o que estava segurando o tráfego — disse ele —, encontrou o carro de Felix no meio da rua, ainda com o motor ligado, um cigarro queimando no cinzeiro, flores frescas nos vasos...

— Vasos?

— Era um calhambeque Marmon, quase do tamanho de um vagão de trem. Tinha pequenos vasos de vidro trabalhado ao lado da porta, e a esposa de Felix costumava colocar flores frescas nos vasos todas as manhãs. E era esse carro que estava parado no meio do engarrafamento.

— Como o *Marie Celeste** — sugeri.

— O Departamento de Polícia rebocou o carro. Como sabiam a quem pertencia, ligaram para Felix e disseram educadamente onde seu carro poderia ser retirado. Felix disse que podiam ficar com ele, que não o queria mais.

— E eles ficaram com o carro?

— Não. Telefonaram para a esposa, e ela foi buscar o calhambeque Marmon.

— Aliás, qual era mesmo nome dela?

— Emily. — O dr. Breed umedeceu os lábios, ficou com um olhar perdido e disse o nome da mulher, da mulher morta há tanto tempo, mais uma vez: — Emily.

— O senhor acha que alguém se importaria se eu usasse a história do calhambeque Marmon em meu livro? — perguntei.

— Contanto que não conte o final da história.

— O *final* da história?

---

* *Marie Celeste* era um bergantim, um tipo de navio a remos. Foi encontrado à deriva e completamente abandonado no Estreito de Gibraltar em 1872. Até hoje não se sabe o que aconteceu com a tripulação e seus passageiros. [N. de E.]

— Emily não estava acostumada a dirigir o Marmon. Teve um acidente feio a caminho de casa. Isso acabou com sua pélvis... — O trânsito ainda estava parado. O dr. Breed fechou os olhos e apertou as mãos no volante.

— E foi por isso que ela morreu quando o pequeno Newt nasceu.

15

Feliz Natal

O Laboratório de Pesquisa da General Forge and Foundry Company ficava perto do portão principal da fábrica de Ilium, a cerca de uma quadra do estacionamento executivo onde o dr. Breed deixava seu carro.

Perguntei ao dr. Breed quantas pessoas trabalhavam para o Laboratório de Pesquisa.

— Setecentas — ele respondeu. — Mas menos de cem realmente fazem pesquisas. As outras seiscentas pessoas são como zeladores, de um jeito ou de outro, e eu sou o principal zelador de todos.

Quando nos juntamos ao resto da humanidade que circulava nos corredores da empresa, uma mulher atrás de nós desejou ao dr. Breed um feliz Natal. Ele se virou para encarar benignamente o mar de rostos pálidos e identificou a saudadora como uma certa srta. Francine Pefko. A srta. Pefko tinha 20 anos, era vagamente bonita e saudável — monotonamente normal.

Honrando a ternura do período de Natal, o dr. Breed convidou a srta. Pefko a se juntar a nós. Ele a apresentou como secretária do dr. Nilsak Horvath. Depois me explicou quem era Horvath:

— O famoso químico de superfícies — disse ele — que está fazendo maravilhas com películas.

— O que há de novo na química de superfícies? — perguntei à srta. Pefko.

— Meu Deus — ela disse. — Não me pergunte. Apenas datilografo o que ele me manda datilografar. — E então ela pediu desculpas por ter dito "Meu Deus".

— Ah, creio que você entende do assunto bem mais do que imagina — disse o dr. Breed.

— Eu não. — A srta. Pefko não estava acostumada a bater papo com alguém tão importante como o dr. Breed, e estava envergonhada. Até seu jeito de caminhar foi afetado, e ela começou a marchar de forma rígida e galinácea. Com um sorriso apático, ela esmiuçava o cérebro em busca de algo para falar, mas não encontrou nada além de lenços de papel usados e bijuterias.

— Bem... — disse em voz alta o dr. Breed, efusivo. — O que tem a dizer sobre nós, agora que está conosco há... quanto tempo? Quase um ano?

— Vocês, cientistas, *pensam* demais — disparou a srta. Pefko. Ela deu uma risada meio idiota. A simpatia do dr. Breed havia queimado todos os fusíveis de seu sistema nervoso. Ela não era mais responsável por suas ações. — Vocês *todos* pensam demais.

Uma mulher gorda e ofegante, com ar de derrota, vestindo um macacão imundo, vinha se arrastando atrás de nós, ouvindo o que a srta. Pefko dizia. Ela se virou para examinar o dr. Breed com um olhar de reprovação impotente. Detestava pessoas que pensavam demais. Naquele momento, ela me pareceu uma representante perfeita de quase toda a humanidade.

A expressão no rosto da mulher gorda dizia que ela teria uma síncope se alguém mais pensasse em alguma coisa.

— Creio que descobrirá — disse o dr. Breed — que todo mundo pensa mais ou menos com a mesma intensidade. Os cientistas simplesmente pensam nas coisas de um jeito, e as outras pessoas pensam de outro.

— Ai — suspirou a srta. Pefko apaticamente. — Para mim, o que o dr. Horvath dita é como uma língua estrangeira. Acho que não entenderia nem se fosse para a faculdade. E lá está ele, talvez falando de uma coisa que vai virar o mundo do avesso e de ponta-cabeça, como a bomba atômica. Quando voltava da escola, minha mãe me perguntava o que havia acontecido naquele dia, e eu contava a ela — disse a srta. Pefko. — Agora volto para casa depois do trabalho e ela me pergunta a mesma coisa e tudo que consigo dizer é... — A srta. Pefko balançou a cabeça e seus lábios vermelhos balbuciaram frouxamente: — Não sei, não sei, não sei.

— Se você não entende alguma coisa — incentivou o dr. Breed —, peça ao dr. Horvath para lhe explicar. Ele é muito bom em explicações. — Virou-se para mim: — O dr. Hoenikker dizia que um cientista que não conseguisse explicar seu trabalho a uma criança de 8 anos era um charlatão.

— Então sou mais burra do que uma criança de 8 anos — lamentou-se a srta. Pefko. — Não sei nem mesmo o que é um charlatão.

16

De volta ao jardim de infância

Subimos os quatro degraus de granito em frente ao Laboratório de Pesquisa. O prédio em si era praticamente de tijolo, com seis andares cor-de-rosa, sem nenhum tipo de enfeite. Passamos por dois guardas armados até os dentes na entrada.

A srta. Pefko mostrou ao guarda da esquerda o crachá cor-de-rosa escrito *confidencial* bem acima do seu seio esquerdo.

O dr. Breed mostrou um crachá preto, preso em sua lapela macia, escrito *ultrassecreto,* ao guarda à sua direita. Cerimoniosamente, o dr. Breed pôs o braço ao meu redor, mas sem me tocar, só para mostrar aos guardas que eu estava sob sua augusta proteção e autoridade.

Sorri para um dos guardas. Ele não sorriu de volta. Não havia nada de engraçado na segurança nacional, nada mesmo.

O dr. Breed, a srta. Pefko e eu fomos andando pensativamente pelo saguão principal do laboratório, em direção aos elevadores.

— Um dia desses, peça ao dr. Horvath para lhe explicar alguma coisa — disse o dr. Breed à srta. Pefko. — E veja se não receberá uma resposta amável e clara.

— Ele precisaria começar do zero, da primeira série... ou até mesmo do jardim de infância — disse ela. — Perdi muita coisa.

— *Todos* perdemos muita coisa — o dr. Breed concordou.

— Seria muito bom se *todos* começássemos de novo, de preferência pelo jardim de infância.

Observamos a recepcionista do laboratório ligar os muitos painéis educativos que forravam as paredes do saguão. A recepcionista era uma garota alta, magra — fria, pálida. Ao seu toque gélido, luzes piscavam, rodas giravam, tubos borbulhavam, campainhas tocavam.

— Magia — declarou a srta. Pefko.

— Lamento ouvir um membro de nossa família do laboratório usar essa palavra repulsiva, medieval — disse o dr. Breed. — Todos esses painéis são autoexplicativos. Foram criados para *não* haver mistificação. São a própria antítese da magia.

— A própria o quê da magia?

— O exato oposto da magia.

— Não para mim.

O dr. Breed pareceu um pouco irritado.

— Bom — disse ele —, não *queremos* mistificar nada. Pelo menos nos dê um crédito por isso.

17

O grupo de garotas

No gabinete externo do escritório, encontramos a secretária do dr. Breed em cima de sua mesa, amarrando na luminária do teto um enfeite de Natal plissado como um acordeão, com um sininho na ponta.

— Naomi, por favor! — gritou o dr. Breed. — Não temos um acidente fatal há seis meses! Não estrague isso caindo da mesa!

A srta. Naomi Faust era uma velhinha alegre e dedicada. Imagino que tenha servido o sr. Breed durante quase toda a vida dele, e a dela também. Ela riu.

— Eu sou indestrutível. E, mesmo se caísse, os anjos do Natal me apanhariam.

— Eles são famosos por não estarem presentes quando precisamos deles.

Dois tentáculos de papel, também plissados como um acordeão, estavam pendurados no badalo do sino. A srta. Faust puxou um deles. Estava meio grudado, mas se desenrolou e se transformou em uma longa tira com uma mensagem escrita.

— Aqui — disse a srta. Faust, entregando a ponta da tira ao dr. Breed. — Desenrole o resto e grude a ponta no quadro de avisos.

O dr. Breed obedeceu, afastando o olho para ler a mensagem da tira de papel:

— Paz na Terra! — leu em voz alta, cordialmente.

A srta. Faust desceu da mesa com o outro tentáculo e o desenrolou:

"Entre os homens de boa vontade!", dizia o outro tentáculo.

— Puxa — brincou o dr. Breed. — Desidrataram o Natal! Aqui parece um lugar festivo, muito festivo.

— E também me lembrei das barras de chocolate para o Grupo de Garotas — disse ela. — Não está orgulhoso de mim?

O dr. Breed bateu na testa, consternado pelo esquecimento.

— Graças a Deus! Eu esqueci completamente.

— Não devemos nunca nos esquecer disso — disse a srta. Faust. — Virou uma tradição agora, o dr. Breed e suas barras de chocolate natalinas para o Grupo de Garotas. — Ela me explicou que o Grupo de Garotas era o Departamento de Datilografia, que ficava no subsolo do laboratório. — As garotas pertencem a qualquer um que tenha acesso a um ditafone.

Durante o ano inteiro, ela disse, as garotas do Grupo de Garotas ouviam através de gravações de ditafones as vozes impessoais dos cientistas — gravações levadas até elas pelas garotas que entregavam a correspondência. Uma vez por ano, as garotas deixavam seu claustro de concreto para entoar cânticos de Natal — e pegar suas barras de chocolate com o dr. Breed.

— Elas também servem à ciência — o dr. Breed testemunhou. — Mesmo que não entendam uma só palavra do que os cientistas ditam. Deus abençoe cada uma delas!

18

O produto mais valioso da Terra

Quando entramos no gabinete interno do escritório do dr. Breed, tentei organizar meus pensamentos para fazer uma entrevista razoável. Descobri que minha saúde mental não havia melhorado. E então, quando comecei a fazer perguntas sobre o dia da bomba, descobri que os centros de relações públicas do meu cérebro haviam morrido sufocados com birita e pelo de gato queimado. Toda pergunta que eu fazia insinuava que os criadores da bomba atômica haviam sido cúmplices de um crime, do pior tipo de assassinato.

Primeiro, o dr. Breed ficou surpreso, depois ficou muito irritado. Ele se afastou de mim e resmungou:

— Presumo que não goste muito de cientistas.

— Eu não diria isso, senhor.

— Todas as suas perguntas parecem tentar me fazer admitir que os cientistas não têm consciência, são desalmados, tolos, de mente limitada, indiferentes ao destino da espécie humana, ou talvez nem mesmo sejam membros da espécie humana.

— Isso é meio pesado.

— Aparentemente, não mais pesado do que as coisas que você pretende escrever em seu livro. Imaginei que você estivesse em busca de uma biografia objetiva e justa de Felix Hoenikker, o que certamente seria uma tarefa importante nos dias de hoje para um jovem escritor. Mas, não, você vem aqui com ideias preconcebidas sobre cientistas malucos. De onde tirou essas ideias? Dos quadrinhos?

— Do filho do dr. Hoenikker, para citar uma fonte.

— Qual filho?

— Newton — respondi. Trazia comigo a carta do pequeno Newt e a mostrei a ele. — Aliás, quão pequeno é Newt?

— Não maior do que um porta-guarda-chuvas — disse dr. Breed, lendo a carta de Newt e franzindo o cenho.

— Os outros dois filhos são normais?

— Claro! Detesto decepcioná-lo, mas os cientistas têm filhos como qualquer outra pessoa.

Fiz o possível para acalmar o dr. Breed, para convencê-lo de que estava realmente interessado em um retrato preciso do dr. Hoenikker.

—Vim aqui com o único objetivo de registrar exatamente tudo o que puder me contar sobre o dr. Hoenikker. A carta de Newt foi apenas um começo, e vou equilibrá-la com o que o senhor puder me contar.

— Estou cansado de ver gente com uma visão errada sobre o cientista ou o que o cientista faz.

— Farei o possível para esclarecer esse mal-entendido.

— Neste país, a maioria das pessoas nem ao menos sabe o que é ciência básica.

— Ficaria muito grato se o senhor pudesse me explicar.

— Não é buscar um filtro de cigarro melhor, um lenço de papel mais macio ou um tipo mais duradouro de tinta de parede, que Deus nos livre disso. Todo mundo fala sobre pesquisa e quase ninguém neste país a coloca em prática. Somos uma das poucas empresas que ainda contrata funcionários para praticar unicamente a ciência básica. Quando as outras empresas se gabam de sua pesquisa, estão falando de técnicos industriais amadores de jaleco branco, que só trabalham com receitas e sonham em aprimorar um novo limpador de para-brisa para o próximo modelo de Oldsmobile.

— Mas e aqui?...

— Aqui e, infelizmente, em poucos lugares deste país, os funcionários são pagos para ampliar o conhecimento, para trabalhar com esse único objetivo.

— Isso é muito generoso da parte da General Forge and Foundry Company.

— Não tem nada de generoso nisso. Um novo conhecimento é o produto mais valioso da Terra. Quanto mais trabalhamos com fatos, mais ricos nos tornamos.

Se eu fosse bokononista naquela época, essa afirmação me teria feito uivar.

19

Lama nunca mais

— O senhor quer dizer — eu disse ao dr. Breed — que nenhum cientista que trabalha neste laboratório recebe ordens? Ninguém nem ao mesmo *sugere* no que eles devem trabalhar?

— As pessoas sugerem coisas o tempo todo, mas não é da natureza de um praticante da ciência básica prestar atenção a sugestões. Sua cabeça já está cheia dos seus próprios projetos, e é assim que ele prefere trabalhar.

— Alguém algum dia tentou sugerir projetos ao dr. Hoenikker?

— Certamente. Em especial almirantes e generais. Eles o viam como uma espécie de mágico que poderia tornar os Estados Unidos invencíveis com um aceno de mão. Traziam todo tipo de projeto maluco para cá. E ainda trazem. O único problema com esses projetos é que, dado nosso atual nível de conhecimento, eles não funcionam. Supõe-se que cientistas como o dr. Hoenikker preencham as pequenas lacunas. Eu me lembro que, pouco antes de Felix morrer, havia um general dos fuzileiros navais que o perseguia como um cão de caça, para que ele fizesse algo a respeito da lama.

— Lama?
— Os fuzileiros navais, depois de quase duzentos anos chafurdando na lama, cansaram disso — disse o dr. Breed. — O general, assim como seu porta-voz, achava que seria um progresso se os fuzileiros navais não precisassem mais lutar na lama.
— O que o general tinha em mente?
— A ausência da lama. Lama nunca mais.
— Imagino — teorizei — que isso seja possível usando um monte de produtos químicos ou toneladas de mecanismos...
— Esse general queria uma pilulazinha ou uma máquina pequena. Os fuzileiros navais não estavam só cansados da lama, também não aguentavam mais carregar objetos pesados. Queriam carregar algo *pequeno*, para variar.
— O que o dr. Hoenikker disse?
— Com seu jeito brincalhão, e ele *sempre* agia de um jeito brincalhão, Felix sugeriu que talvez existisse um único grão de algo, mesmo que fosse microscópico, que poderia tornar tão sólida como esta mesa uma vastidão infinita de lama, brejos, pântanos, riachos, lagos e areia movediça.

O dr. Breed deu um murro na mesa com seu punho idoso, salpicado de manchas. A mesa era um negócio de aço verde-água em forma de feijão.

— Um fuzileiro naval conseguiria carregar mais do que o suficiente dessa coisa para libertar uma divisão blindada atolada nos Everglades. Segundo Felix, um único fuzileiro poderia carregar debaixo da unha do dedo mindinho uma quantidade suficiente dessa coisa.
— Isso é impossível.
— Você diria isso, eu diria isso, praticamente todo mundo diria isso. Mas para Felix, com seu jeito brincalhão, isso era inteiramente possível. O milagre de Felix, e espero sinceramente

que você coloque isso em seu livro, em algum lugar, era que sempre tratava os velhos quebra-cabeças como se eles fossem novos em folha.

— Me sinto um pouco como Francine Pefko agora — eu disse —, e também como todas as datilógrafas do Grupo de Garotas. O dr. Hoenikker jamais conseguiria me explicar como uma coisa que pode ser levada debaixo da unha pode tornar um pântano tão sólido como sua mesa.

— Eu lhe disse que o Felix era ótimo em explicar as coisas...

— Mesmo assim...

— Ele conseguiu explicar para mim — disse o dr. Breed. — E tenho certeza de que consigo explicar para você. O quebra-cabeça era como tirar os fuzileiros navais da lama, certo?

— Certo.

— Muito bem — disse o dr. Breed —, ouça com atenção. Lá vamos nós.

20

Gelo-nove

— Há muitas formas — disse o dr. Breed — de cristalizar, ou congelar, certos líquidos, várias formas pelas quais seus átomos podem se empilhar e fundir de forma rígida e ordenada.

Aquele velho de mãos manchadas me convidou a pensar em várias formas de se empilhar balas de canhão no gramado de um tribunal de justiça, nas várias formas de se encaixotar laranjas em um engradado.

— É a mesma coisa com os átomos nos cristais, e dois cristais diferentes feitos com a mesma substância podem ter propriedades físicas bem diferentes.

Ele me falou de uma fábrica que estava produzindo grandes cristais de etilenodiamino tartrato. Usavam os cristais para determinadas operações da fábrica, disse ele. Mas um dia a fábrica descobriu que os cristais que estavam sendo produzidos não tinham mais as propriedades desejadas. Os átomos começaram a se empilhar e fundir — a congelar — de um jeito diferente. O líquido que estava cristalizando não mudou, mas os cristais que estavam se formando lá eram puro lixo para uso industrial, não serviam para nada.

Como isso aconteceu era um mistério. O suposto vilão, no entanto, era o que o dr. Breed chamava de "uma semente". Com isso, ele se referia a apenas um grãozinho do padrão de cristal indesejado. A semente, que teria vindo sabe-se lá de onde, ensinou aos átomos uma nova forma de se empilhar e se fundir, de cristalizar, de congelar.

— Agora pense novamente nas bolas de canhão no gramado de um tribunal de justiça ou nas laranjas dentro do engradado — ele sugeriu. E me ajudou a entender que o padrão da camada de baixo das bolas de canhão ou das laranjas determinou como a próxima camada se empilharia e se fundiria. — A camada de baixo é a semente que determina a forma como se comportará cada bola de canhão ou laranja que vem depois, mesmo que haja um número infinito de bolas de canhão ou de laranjas. Agora imagine — o dr. Breed riu, satisfeito — que a água pudesse se cristalizar ou congelar de várias formas possíveis. Imagine que esse mesmo tipo de gelo que usamos para patinar e preparar um uísque com soda (que podemos chamar de *gelo-um*) é apenas um dos muitos tipos de gelo. Imagine que a água sempre se congele na Terra como *gelo-um* porque nunca teve uma semente que lhe ensinasse como formar *gelo-dois*, *gelo-três*, *gelo-quatro*... E imagine — ele bateu com seu punho idoso na mesa mais uma vez — que exista uma forma, que chamaremos de *gelo-nove*, um cristal tão duro como esta mesa, com um ponto de fusão de, digamos, 38 graus Celsius, ou melhor ainda, com um ponto de fusão de 55 graus.

— Tudo bem, estou seguindo seu raciocínio — eu disse.

O dr. Breed foi interrompido por um burburinho no gabinete externo do escritório, um burburinho que se transformou em um som alto e pomposo. Era o som do Grupo de Garotas.

As garotas estavam se preparando para cantar no gabinete externo.

E assim que eu e o dr. Breed aparecemos na porta, elas cantaram. Havia cerca de cem garotas lá, e cada uma delas havia se transformado em solista de coral colocando no pescoço um colarinho branco de papel preso por um clipe. Elas cantavam lindamente.

Fiquei surpreso e absurdamente sentimental. Sempre me comovo com esse tesouro raramente usado, a doçura com que a maioria das garotas consegue cantar.

As garotas cantaram "O Little Town of Bethlehem". Não esquecerei tão cedo o jeito como cantaram o verso:

"As esperanças e os medos de todos os anos estão aqui conosco esta noite."

21

Os fuzileiros navais marcham

Retornamos ao escritório, depois que o velho dr. Breed, com a ajuda da srta. Faust, entregou as barras de chocolate natalinas às garotas.

Lá, ele me disse:

— Onde estávamos? Ah, sim! — E o homem idoso me pediu para imaginar os fuzileiros navais dos Estados Unidos atolados em um pântano esquecido por Deus.

— Seus caminhões, tanques e obus estão chafurdando na lama — queixou-se —, afundando em uma lama fedorenta.

Ele levantou um dedo e piscou para mim.

— Mas, imagine, meu jovem, que um fuzileiro naval traga com ele uma pequena cápsula contendo uma semente de *gelo--nove*, uma nova forma de fazer com que os átomos da água se empilhem e se fundam, congelem. Se esse fuzileiro naval jogar essa semente na poça mais próxima?...

— A poça congelaria? — arrisquei.

— E toda a lama em volta da poça?

— Congelaria?

— E todas as poças em volta da lama congelada?

— Elas congelariam?

— E os brejos e riachos em volta da lama congelada?

— Eles congelariam?

— Pode *apostar* que sim! — ele gritou. — E então os fuzileiros navais dos Estados Unidos se levantariam do pântano e marchariam!

22

Membro da imprensa marrom

— *Existe* algo assim? — perguntei.
    — Não, não, não, não — disse o dr. Breed, perdendo de novo a paciência comigo. — Só lhe contei tudo isso para que você compreenda a extraordinária originalidade com que Felix costumava abordar um velho problema. O que acabei de lhe contar é o que ele disse ao general dos fuzileiros navais que o perseguia sobre a questão da lama. Todo dia Felix comia sozinho na lanchonete. A regra era que ninguém sentasse com ele, interrompesse sua linha de pensamento. Mas o general dos fuzileiros navais apareceu sem pedir licença, puxou uma cadeira e começou a falar sobre lama. O que lhe contei foi a resposta improvisada de Felix.
    — Não... não existe *mesmo* uma coisa dessas?
    — Mas eu acabei de lhe falar que não! — gritou o dr. Breed, exaltado. — Felix morreu pouco tempo depois disso! E se estivesse ouvindo o que estou tentando lhe dizer sobre os homens que se dedicam à ciência básica, não me perguntaria isso! Homens dedicados à ciência básica trabalham no que os fascina, não no que os outros acham fascinante.

— Não consigo parar de pensar naquele pântano...

— Você pode *parar* de pensar nisso! Só usei o pântano como exemplo.

— Se os riachos que fluem através do pântano congelassem com o *gelo-nove*, o que aconteceria com os rios e lagos abastecidos pelo riacho?

— Congelariam. Mas o *gelo-nove* não existe.

— E os oceanos que os rios congelados abastecem?

— Congelariam, é claro — ele retrucou. — Imagino que agora você vai correndo contar a todos uma história sensacional sobre *gelo-nove*. Repito: isso não existe!

— E as nascentes que abastecem os riachos e lagos congelados, e todos os lençóis de água que abastecem as nascentes?

— Congelariam! Mas que droga! — ele gritou. — Se eu soubesse que você era da imprensa marrom — ele disse, solenemente, levantando-se —, não teria gastado um só minuto com você!

— E a chuva?

— Quando caísse, congelaria e viraria bolinhas bem duras de *gelo-nove*, e isso seria o fim do mundo! E este é o fim da entrevista, também! Adeus!

23

A última fornada de brownies

O dr. Breed estava errado sobre uma coisa: o *gelo-nove* existia.

E o *gelo-nove* estava na Terra.

Gelo-nove foi o último presente que Felix Hoenikker criou para a humanidade antes de receber sua justa recompensa.

Ele criou isso sem ninguém perceber o que estava fazendo. Fez isso sem deixar rastro do que havia feito.

É verdade que precisou de aparelhos elaborados para o ato da criação, mas isso o Laboratório de Pesquisa já tinha. O dr. Hoenikker só precisou ligar para seus vizinhos do laboratório — emprestando isso e aquilo, tentando parecer simpático, incomodando os vizinhos — até que assou sua última fornada de brownies, por assim dizer.

Ele criou uma lasca de *gelo-nove*. Era branco-azulada. Derretia a 45,7 graus Celsius.

Felix Hoenikker colocou a lasca em um vidrinho e guardou o vidrinho no bolso. E foi até seu chalé em Cape Cod com os três filhos, para celebrar o Natal.

Angela tinha 34 anos, Frank, 24, e o pequeno Newt, 18.

O velho morreu na véspera de Natal, tendo contado apenas a seus filhos sobre o *gelo-nove*.

Seus filhos dividiram entre si a lasca de *gelo-nove*.

24

O que é um *wampeter*

Isso me leva ao conceito bokononista de *wampeter*.

Um *wampeter* é a base de um *karass*. Não existe *karass* sem *wampeter*, Bokonon diz, assim como não existe uma roda sem eixo.

Um *wampeter* pode ser qualquer coisa: uma árvore, uma pedra, um animal, uma ideia, um livro, uma melodia, o Santo Graal. Seja o que for, os membros do *karass* giram em torno do seu *wampeter* no caos majestoso de uma nebulosa espiral. É evidente que as órbitas dos membros do *karass* que estão em volta do *wampeter* em comum são órbitas espirituais. São as almas que giram, não os corpos. Como Bokonon nos convida a cantar:

> Giramos, giramos, giramos em espiral,
> Com pés de chumbo e asas de metal...

E *wampeters* vêm e *wampeters* vão, nos diz Bokonon.

Na verdade, a qualquer momento, um *karass* tem dois *wampeters* — um aumentando em importância e outro diminuindo.

Tenho quase certeza de que, enquanto conversava com o dr. Breed em Ilium, o *wampeter* do meu *karass* que começava a florescer era aquela forma cristalina de água, aquela pedra preciosa branco-azulada, aquela semente do apocalipse chamada *gelo-nove*.

Enquanto eu conversava com o dr. Breed em Ilium, Angela, Franklin e Newton Hoenikker possuíam sementes de *gelo-nove*, sementes oriundas da semente do pai deles — lascas, na verdade, vindas do antigo bloco.

O destino dessas três lascas era uma questão importante do meu *karass*, tenho certeza disso.

25

A coisa mais importante sobre o dr. Hoenikker

Por enquanto, isso é tudo o que tenho a dizer sobre o *wampeter* do meu *karass*.

Depois de minha desagradável entrevista com o dr. Breed no Laboratório de Pesquisa da General Forge and Foundry Company, fui deixado aos cuidados da srta. Faust. Ela tinha ordens de me mostrar a saída. No entanto, eu a persuadi a me mostrar primeiro o laboratório do finado dr. Hoenikker.

No caminho, perguntei o quão bem ela conhecera o dr. Hoenikker. Ela me deu uma resposta franca e interessante, e um sorriso maroto de lambuja.

— Não acho que ele fosse uma pessoa conhecível. Quero dizer, quando alguém diz que conhece muito ou pouco uma pessoa, está se referindo a alguns segredos que lhe tenham sido contados ou não. Fala de coisas íntimas, assuntos familiares, questões amorosas — disse a simpática velhinha. — O dr. Hoenikker tinha todas essas coisas em sua vida, como qualquer ser humano vivo, mas essas não eram suas prioridades.

— *Quais* eram suas prioridades? — perguntei.
— O dr. Breed vive me dizendo que a prioridade do dr. Hoenikker era a verdade.
— Você não parece concordar com isso.
— Não sei se concordo ou não. Apenas acho difícil entender como a verdade, por si só, pode ser suficiente para uma pessoa.

A srta. Faust estava pronta para o bokononismo.

26

O que é Deus

—Você algum dia conversou com o dr. Hoenikker? — perguntei à srta. Faust.

— Ah, claro. Eu conversava muito com ele.

— Lembra de alguma dessas conversas em especial?

— Teve uma vez que ele apostou que eu não poderia lhe dar uma certeza absoluta. Então eu disse a ele: "Deus é amor".

— E o que ele respondeu?

— Ele disse: "O que é Deus? O que é amor?".

— Hmm.

— Mas Deus *é* mesmo amor, sabe — disse a srta. Faust. — Não importa o que o dr. Hoenikker disse.

27

Homens de Marte

A sala que havia sido o laboratório do dr. Felix Hoenikker ficava no sexto andar, o último do prédio.

Um cordão púrpura tinha sido esticado na frente da porta, barrando a entrada, e uma placa de bronze na parede explicava por que a sala era sagrada:

> NESTA SALA O DR. FELIX HOENIKKER, PRÊMIO NOBEL DE FÍSICA, PASSOU OS ÚLTIMOS 28 ANOS DE SUA VIDA. "ONDE ELE ESTAVA, ESTAVA A FRONTEIRA DO CONHECIMENTO." A IMPORTÂNCIA DESTE HOMEM NA HISTÓRIA DA HUMANIDADE É INCALCULÁVEL.

A srta. Faust se ofereceu para retirar o cordão púrpura para que eu pudesse entrar e pedir informações a qualquer fantasma que eventualmente estivesse por lá.

Aceitei.

— Está exatamente como ele deixou — ela disse. — Exceto pelos elásticos de borracha que estavam espalhados pela bancada.

— Elásticos de borracha?

— Não me pergunte por quê. Não me pergunte a utilidade de qualquer uma dessas coisas.

O velho havia deixado o laboratório uma bagunça. O que imediatamente me chamou a atenção foi a quantidade de brinquedos baratos espalhados pela sala. Havia uma pipa de papel com a armação quebrada. Um giroscópio de brinquedo enrolado com um barbante, pronto para zunir e girar. Havia um pião. Havia um cachimbo de bolhas de sabão. Havia um aquário de peixes com um castelo e duas tartarugas dentro.

— Ele adorava lojas de quinquilharias — disse a srta. Faust.

— Dá para notar.

— Alguns de seus experimentos mais famosos foram feitos com quinquilharias que valiam menos de um dólar.

— Um centavo poupado é um centavo ganho.

Também vi vários equipamentos típicos de laboratório, claro, mas pareciam acessórios banais em comparação com os brinquedos baratos e divertidos.

A mesa do dr. Hoenikker estava apinhada de correspondência.

— Creio que ele nunca respondeu a uma carta — ponderou a srta. Faust —, as pessoas tinham que telefonar ou visitá-lo pessoalmente se quisessem uma resposta.

Na mesa dele havia uma fotografia emoldurada num porta-retrato, de costas para mim. Tentei adivinhar de quem era a foto.

— Sua esposa?

— Não.

— Um de seus filhos?

— Não.

— Ele mesmo?

— Não.

Fui checar. Descobri que a fotografia era de um humilde e pequeno memorial de guerra em frente a um tribunal de justiça provinciano. Parte do memorial era uma placa com os nomes dos habitantes que haviam morrido em várias guerras, e imaginei que ela deveria ser o motivo da foto. Era possível ler os nomes gravados na placa e, de certa forma, esperei encontrar o nome Hoenikker entre eles. Não estava lá.

— Esse era um dos seus passatempos — disse a srta. Faust.

— Qual?

— Fotografar bolas de canhão empilhadas em diferentes gramados de tribunais de justiça. Aparentemente, a forma como estão empilhadas nessa foto é muito incomum.

— Entendo.

— Ele era um homem incomum.

— Concordo.

— Talvez em um milhão de anos todos serão inteligentes como ele e vejam as coisas da forma como ele via. Mas, em comparação com o ser humano típico de hoje, ele era tão diferente quanto um homem de Marte.

— Talvez ele realmente *fosse* um marciano — sugeri.

— Certamente seria uma boa maneira de explicar os três filhos esquisitos dele.

28

Maionese

Enquanto a srta. Faust e eu esperávamos pelo elevador que nos levaria ao primeiro andar, ela disse que esperava que o elevador não fosse o número 5. Antes que eu pudesse lhe perguntar o motivo, o número 5 chegou.

O ascensorista era um velho negro e baixinho chamado Lyman Enders Knowles. Ele era maluco. Tenho quase certeza disso pela forma como agarrava o próprio traseiro e gritava "Sim, sim!" toda vez que achava que havia dito algo importante.

— Olá, colegas antropoides, nenúfares e rodas-d'água — ele disse a mim e à srta. Faust. — Sim, sim!

— Primeiro andar, por favor — disse friamente a srta. Faust.

Para fechar a porta do elevador e nos levar ao primeiro andar, tudo o que Knowles deveria fazer era apertar um botão, mas ele não queria fazer isso, não ainda. Ele não tinha pressa alguma.

— Um cara me contou — ele disse — que estes elevadores aqui eram de arquitetura maia. Até então eu não sabia disso. E eu disse a ele: "E isso faz de mim o quê, maionese?". Sim, sim! E enquanto ele estava pensando numa resposta, fiz com que embatucasse mais ainda com uma pergunta que fritou seu cérebro! Sim, sim!

— Por favor, sr. Knowles, podemos descer? — implorou a srta. Faust.

— Eu disse a ele — disse Knowles —: "Isto aqui é um laboratório de pesquisa. Pesquisa em inglês é *research*, *search* é procurar, ou seja, *re-search* significa *'procurar de novo'*, certo? Significa que eles estão procurando por algo que já encontraram e de alguma forma perderam, e que agora precisam procurar de novo? Como eles constroem um prédio como este, com elevadores de maionese e tudo o mais, e o enchem com toda essa gente maluca? O que estão tentando encontrar de novo? Quem perdeu o quê?" Sim, sim!

— Muito interessante — suspirou a srta. Faust. — Podemos descer, agora?

— O único caminho é para baixo — latiu Knowles. — Estamos no topo. Se me pedir para subir, não vai dar. Sim, sim!

— Então vamos descer — disse a srta. Faust.

— Daqui a pouquinho. Este cavalheiro aqui estava prestando seus respeitos ao dr. Hoenikker?

— Sim — respondi. — Você o conhecia?

— *Intimamente* — respondeu ele. — Sabe o que eu disse quando ele morreu?

— Não.

— Eu disse: "O dr. Hoenikker não morreu".

— É mesmo?

— Apenas foi para outra dimensão. Sim, sim!

Apertou um botão e então descemos.

— Você conheceu as crianças Hoenikker? — perguntei a ele.

— Filhotes cheios de raiva — ele disse. — Sim, sim!

29

Morta, mas jamais esquecida

Havia mais uma coisa que eu queria fazer em Ilium. Queria tirar uma foto do túmulo do velho. Então voltei ao meu quarto, vi que Sandra havia ido embora, peguei minha câmera e chamei um táxi.

Ainda caía uma chuva de granizo ácida e cinza. Imaginei que o túmulo do velho, com toda aquela chuva de granizo, daria uma boa fotografia, talvez boa o bastante para a sobrecapa de *O dia em que o mundo acabou*.

No portão do cemitério, o zelador me disse como encontrar a sepultura dos Hoenikker.

— Impossível não ver — disse ele. — Tem o maior obelisco do cemitério.

Ele não estava mentindo. O obelisco era um falo de alabastro de seis metros de altura e um metro de espessura. Estava totalmente coberto de granizo.

— Deus do céu — exclamei, saindo do táxi com a câmera.
— Como isso pode ser um memorial adequado ao pai da bomba atômica? — Dei risada.

Perguntei ao motorista se ele podia ficar parado ao lado do monumento, para dar uma ideia de escala. Depois, pedi que limpasse um pouco do granizo, para que o nome do falecido aparecesse na foto.

Ele fez isso.

E, por Deus, estava escrito na coluna, com letras de quinze centímetros de altura, a seguinte palavra:

MÃE

30

Apenas dormindo

— Mãe? — perguntou o motorista, incrédulo.
Limpei mais granizo com a mão e descobri o seguinte poema:

Mamãe, mamãe, rezo sem parar
Para que todo dia possa nos guardar.
— *Angela Hoenikker*

E embaixo desse poema havia um outro:

Você não está morta,
mas apenas dormindo.
Devíamos parar de chorar,
e viver sorrindo.
— *Franklin Hoenikker*

E embaixo disso, inserido na coluna, havia um quadrado de cimento com a mão de uma criança gravada. Embaixo da gravação, as seguintes palavras:
BEBÊ NEWT

— Se isso é a mãe — disse o motorista —, que raio de marcador teriam erguido para o pai? — Fez um gesto obsceno sugerindo como deveria ser o marcador adequado.

Encontramos o pai ao lado. O memorial dele — como estava especificado em seu testamento, descobri depois — era um cubo de mármore com quarenta centímetros de cada lado.

PAI, dizia.

31

Outro Breed

Quando estávamos saindo do cemitério, o motorista de táxi ficou preocupado com as condições do túmulo da mãe dele. Perguntou se eu não me importava de fazer um pequeno desvio para que desse uma olhada.

O marcador do túmulo de sua mãe era uma pedrinha miserável — não que tivesse importância.

Então o motorista de táxi me perguntou se eu não me incomodaria de fazer outro breve desvio, dessa vez para ir até a loja de lápides, atravessando a rua do cemitério.

Como na época eu não era bokononista, concordei com certa irritação. Como bokononista, é claro que eu teria concordado alegremente em ir a qualquer lugar que qualquer pessoa sugerisse. Como diz Bokonon: "Sugestões de viagem peculiares são aulas de dança de Deus".

A loja de lápides se chamava Avram Breed e Filhos. Enquanto o motorista conversava com o vendedor, perambulei por entre os monumentos — monumentos em branco, por enquanto em memória de ninguém.

Encontrei uma piadinha institucional no *showroom*: sobre um anjo de pedra havia um ramo de visco.* Galhos de cedro estavam empilhados no pedestal do anjo, e, em volta do seu pescoço de mármore, havia um colar feito com lâmpadas de árvore de Natal.

— Quanto quer pelo anjo? — perguntei ao vendedor.

— Não está à venda. Tem cem anos. Meu bisavô, Avram Breed, o esculpiu.

— A loja é tão velha assim?

— É, sim.

— E você é um Breed?

— A quarta geração nesta loja.

— Tem algum parentesco com o dr. Asa Breed, diretor do Laboratório de Pesquisa?

— É meu irmão. — Ele disse que seu nome era Marvin Breed.

— Que mundo pequeno — observei.

— Quando você o põe num cemitério, é, sim. — Marvin Breed era um homem agradável e comum, inteligente e sentimental.

---

* Visco é um tipo de arbusto que, assim como o azevinho, é associado ao Natal em algumas culturas. [N. de E.]

32

Dinheiro de dinamite

— Acabei de sair do escritório dele. Sou escritor. Estava entrevistando seu irmão sobre o dr. Hoenikker — eu disse a Marvin Breed.

— Um grande esquisito, esse filho da mãe. O Hoenikker, quero dizer, não meu irmão.

— Você vendeu a ele aquele monumento para sua esposa?

— Vendi aos filhos dele. Ele não teve nada a ver com isso. Nunca veio aqui para colocar qualquer tipo de marcador no túmulo dela. E então, depois que ela havia morrido fazia um ano ou mais, os três filhos de Hoenikker apareceram: a garota alta, o garoto e o bebezinho. Queriam a maior pedra que o dinheiro pudesse comprar, e os dois mais velhos haviam escrito poemas. Queriam gravar os poemas na pedra. Pode rir da pedra, se quiser, mas ela deu mais conforto àqueles garotos do que qualquer outra coisa que o dinheiro pudesse comprar. Eles vinham aqui, olhavam para ela e colocavam flores no túmulo sabe Deus quantas vezes por ano.

— Deve ter sido bem caro.

— O dinheiro do Prêmio Nobel pagou por isso. Duas coisas que esse dinheiro comprou: um chalé em Cape Cod e esse monumento.

— Dinheiro de dinamite — falei, impressionado, pensando na violência da dinamite e no repouso absoluto do túmulo e de uma casa de campo.

— O quê?

— Nobel inventou a dinamite.

— Bom, cada um sabe de si...

Se eu fosse bokononista nessa época, pensando na misteriosa e intrincada cadeia de eventos que havia levado o dinheiro de dinamite até aquela loja de túmulos específica, talvez tivesse sussurrado: "Gira, gira, gira".

Gira, gira, gira é o que nós, bokononistas, sussurramos quando pensamos na complexidade e imprevisibilidade do maquinário da vida.

Mas, como cristão, tudo o que pude dizer foi:

— A vida é engraçada às vezes.

— E às vezes não é — disse Marvin Breed.

33

Um homem ingrato

Perguntei a Marvin Breed se ele havia conhecido Emily Hoenikker, esposa de Felix, mãe de Angela, Frank e Newt — a mulher por trás do monumento monstruoso.

— Se a conheci? — sua voz tornou-se trágica. — Se a *conheci*, senhor? Claro que eu a conhecia. Eu conhecia Emily. Nós frequentamos o mesmo colégio, Ilium High. Naquela época, éramos vice-presidentes da classe, no Comitê das Cores. O pai dela tinha uma loja de instrumentos musicais, a Ilium Music Store. Ela podia tocar qualquer instrumento que houvesse na loja. Fiquei tão apaixonado por ela que larguei o futebol e tentei tocar violino. E então meu irmão mais velho, Asa, veio do MIT para casa, nas férias de verão, e cometi o erro de apresentá-lo à minha garota. Ele a roubou de mim num instante. — Marvin estalou os dedos. — Quebrei meu violino de 75 dólares em uma grande maçaneta de bronze que havia na minha cama, fui até o florista e pedi uma caixa com uma dúzia de rosas, coloquei o violino em pedaços dentro e mandei a ela por um mensageiro da Western Union.

— Ela era bonita?

— Bonita? — sua voz ecoou. — Meu senhor, quando eu contemplar o meu primeiro anjo do céu, se Deus me permitir, serão suas asas e não seu rosto que vão me deixar de queixo caído. Já vi o rosto mais lindo que já existiu. Não havia um homem em Ilium que não fosse apaixonado por ela, secretamente ou não. Ela poderia ter qualquer homem que quisesse — ele cuspiu no próprio chão —, e teve de se casar com aquele maldito holandês filho da mãe! Estava noiva do meu irmão quando aquele covarde desgraçado chegou à cidade. Ele a tirou do meu irmão num instante. — Marvin Breed estalou os dedos novamente. — Imagino que possa parecer alta traição, ingratidão, ignorância, anacronismo e anti-intelectualismo chamar um morto ilustre como Felix Hoenikker de filho da mãe. Sei que diziam que ele era um homem inofensivo, gentil e sonhador, que nunca matou uma mosca, que não se importava com dinheiro, poder, roupas chiques, carros, coisas assim, que ele não era como o resto de nós, que era tão inocente, praticamente um Jesus, tirando a parte de ser filho de Deus...

Marvin Breed achou desnecessário completar sua linha de pensamento. Tive que pedir a ele para fazer isso.

— Mas o quê? — ele disse. — Mas o quê? — Ele foi até uma janela que dava para o portão do cemitério. — Mas o quê — ele murmurou para o portão, para a chuva de granizo e para o monumento dos Hoenikker, que mal dava para ver de lá. — Mas por que diabos um homem inocente ajudaria a fazer uma coisa como a bomba atômica? E como você pode dizer que um homem tem a cabeça no lugar quando nem liga se a própria esposa, a mulher mais bondosa e linda do mundo, está morrendo por falta de amor e compreensão...

Ele estremeceu:

— Às vezes me pergunto se ele não nasceu morto. Nunca conheci um homem menos interessado nos vivos. Às vezes acho que esse é o problema do mundo: muitas pessoas em cargos importantes que estão mortas, frias como pedra.

34

Vin-dit

Foi no salão da loja de lápides que tive meu primeiro *vin-dit*, palavra bokononista que significa um empurrão repentino e muito pessoal em direção ao bokononismo, em direção à crença de que, afinal de contas, Deus Todo-Poderoso sabia tudo sobre mim, de que Deus Todo-Poderoso tinha planos bem elaborados para mim.

O *vin-dit* estava relacionado com o anjo de pedra embaixo do ramo de visco. O motorista do táxi tinha enfiado na cabeça que precisava colocar o anjo de pedra no túmulo de sua mãe, a qualquer preço. Estava parado na frente do anjo com lágrimas nos olhos.

Marvin Breed ainda estava olhando para fora da janela, para o portão do cemitério, após ter dito tudo aquilo sobre Felix Hoenikker.

— Aquele holandezinho filho da mãe pode ter sido um santo moderno — ele disse —, mas, que droga, duvido que tenha feito algo que não quisesse fazer e, droga, sempre conseguiu tudo que quis. Música.

— O quê? — perguntei.

— Foi por isso que ela se casou com ele. Disse que a mente dele estava em sintonia com a melhor música de todas, a música das estrelas. — Ele sacudiu a cabeça. — Que bosta.

E então o portão o fez lembrar da última vez que vira Frank Hoenikker, o criador de modelos em miniatura, o torturador de insetos em potes.

— Frank — ele disse.

— O que tem ele?

— A última vez que vi aquela pobre criança estranha, ele estava saindo do cemitério por aquele portão. O funeral do seu pai ainda não havia terminado. O velho ainda nem havia ido para debaixo da terra e lá vinha Frank pelo portão do cemitério. Levantou o polegar ao primeiro carro que passou. Era um Pontiac novo com uma placa da Flórida. O carro parou. Frank entrou, e foi a última vez que alguém de Ilium o viu.

— Soube que ele é procurado pela polícia.

— Aquilo foi um acidente, um acaso. Frank não era nenhum criminoso. Ele não tinha sangue-frio para isso. A única coisa que sabia fazer bem era modelos em miniatura. O único emprego que conseguiu manter foi na Loja de Miniaturas do Jack, vendendo e fabricando modelos, ajudando as pessoas a construir modelos em miniatura. Quando se mandou daqui, foi para a Flórida e arrumou um emprego em uma loja de miniaturas em Sarasota. Acontece que a loja de miniaturas era só fachada para uma quadrilha que roubava Cadillacs, escondia-os em velhos navios de guerra e despachava a mercadoria para Cuba. Foi assim que Frank se meteu nessa encrenca. Imagino que o motivo pelo qual a polícia ainda não conseguiu encontrá-lo é porque ele está morto. Acabou ouvindo demais enquanto fincava plataformas de armas com superbonder no encouraçado *Missouri*.

— Onde está Newt agora, você sabe?

— Imagino que esteja com a irmã em Indianápolis. A última notícia que tive dele era de que havia se juntado com uma anã russa e sido reprovado no curso introdutório de medicina de Cornell. Você consegue imaginar um ano tentando se tornar médico? E, nessa mesma triste família, temos uma garota alta e desajeitada, com mais de 1,80 metro de altura. Esse homem, tão famoso por sua mente brilhante, tirou a garota da escola no segundo ano do ensino médio só para ter uma mulher em casa cuidando dele. A única coisa que lhe sobrou foi o clarinete, que tocava na banda do colégio de Ilium, a Marching Hundred. Depois que ela saiu da escola, ninguém a convidava para sair. Ela não tinha amigos, e o velho nunca ao menos pensava em lhe dar algum dinheiro para ir a algum lugar. Sabe o que ela costumava fazer?

— Não.

— De vez em quando, à noite, ela se trancava no quarto para ouvir música, e acompanhava os discos com seu clarinete. Para mim, o maior milagre da nossa época é essa mulher ter encontrado um marido.

— Quanto você quer pelo anjo? — perguntou o motorista de táxi.

— Já lhe disse, não está à venda.

— Imagino que ninguém mais aqui faça esse tipo de escultura em pedra — observei.

— Tenho um sobrinho que sabe fazer — disse Breed —, filho de Asa. Estava tudo acertado para que ele fosse um grande pesquisador, um cientista, e então jogaram a bomba em Hiroshima e o garoto pediu demissão, encheu a cara e apareceu aqui dizendo que queria trabalhar como escultor de pedras.

— Ele trabalha aqui agora?

— É escultor em Roma.

— Se alguém lhe oferecesse bastante dinheiro — disse o motorista —, você aceitaria, não?

— Talvez. Mas teria de ser muito dinheiro.

— Onde se coloca o nome da pessoa numa coisa dessas? — perguntou o motorista.

— No pedestal já tem um nome. — Não dava para ver o nome por causa dos ramos que colocaram no pedestal.

— Nunca foi retirado? — Fiquei curioso.

— Nunca foi *pago*. A história é a seguinte: esse imigrante alemão estava indo para o oeste com a esposa, e ela morreu de varíola aqui em Ilium. Então ele pediu para colocar esse anjo no túmulo dela e mostrou a meu bisavô que tinha dinheiro para pagar por ele. Mas daí ele foi assaltado. Alguém roubou praticamente cada centavo que o homem tinha. Tudo que sobrou para ele no mundo foi uma terra que ele havia comprado em Indiana, uma terra que ele nunca havia visto. E então ele se mudou para lá, dizendo que voltaria depois para pagar pelo anjo.

— Mas ele nunca voltou? — perguntei.

— Não. — Marvin Breed empurrou com o pé alguns ramos para que pudéssemos ver as letras gravadas no pedestal. Havia um sobrenome lá. — Aí vai um sobrenome maluco para você — disse ele. — Se esse imigrante teve algum descendente, imagino que tenham americanizado o nome. Hoje em dia provavelmente devem ser Jones, Black ou Thompson.

— É aí que você se engana — murmurei.

A sala parecia estar girando, as paredes e o chão se transformaram momentaneamente em bocas de túneis, inúmeros túneis, que levavam a todas as direções através do tempo. Tive uma visão bokononista da unidade de cada segundo de todos os tempos e de todos os homens errantes, de todas as mulheres errantes e de todas as crianças errantes.

— É aí que você se engana — repeti, quando a visão sumiu.

— Conhece alguém com esse sobrenome?

— Sim.

O sobrenome era também o meu.

35

Loja de Miniaturas

No caminho de volta para o hotel, vi a Loja de Miniaturas do Jack, onde Franklin Hoenikker havia trabalhado. Pedi para o motorista encostar e esperar.

Entrei e encontrei o próprio Jack tomando conta de minúsculos carros de bombeiro, trens, aviões, barcos, casas, postes, árvores, tanques de guerra, foguetes, automóveis, porteiros, cobradores de ônibus, policiais, bombeiros, mamães, papais, gatos, cães, galinhas, soldados, patos e vacas. Era um homem cadavérico, um homem sério, um homem sujo, e tossia um bocado.

— Que tipo de garoto era Franklin Hoenikker? — ele repetiu, e depois tossiu até não poder mais. Sacudiu a cabeça e me mostrou que havia adorado Frank tanto quanto se podia adorar alguém. — Não é uma pergunta que dê para responder com palavras. Posso *mostrar* que tipo de garoto era Franklin Hoenikker. — Ele tossiu. — Dê uma olhada — disse ele —, e julgue por si mesmo.

Ele me levou ao porão da loja. Era lá que morava. Havia uma cama de casal, uma penteadeira e uma chapa quente.

Jack pediu desculpas pela cama desfeita:

— Minha esposa me deixou há uma semana — ele tossiu. — Ainda estou tentando retomar minha vida.

Então ele acendeu um interruptor, e a parte do fundo do porão se inundou de uma luz ofuscante.

Chegamos perto da luz e vi que ela era o sol para um pequeno e fantástico país construído em madeira compensada, uma ilha tão perfeitamente retangular quanto uma cidadezinha do Kansas. Qualquer alma inquieta, se buscasse o que havia além das fronteiras verdejantes do pequeno país, ficaria mesmo louca por ele.

Os detalhes tinham sido feitos em escala primorosa, texturizados e pintados com tanta habilidade que não precisei fechar os olhos para acreditar que aquele país era real: lá estavam as colinas, os lagos, os rios, as florestas, as cidades, tudo que era tão caro e querido para os cidadãos de bem de toda parte.

E por toda parte corria um trilho de trem em formato de espaguete.

— Veja as portas das casas — disse Jack, com reverência.

— Elegantes. Perfeitas.

— Elas têm maçanetas de verdade, e os fechos realmente funcionam.

— Nossa.

— Você me pergunta que tipo de garoto era Franklin Hoenikker. — A voz de Jack ficou embargada de emoção. — Ele construiu isto.

— Fez tudo sozinho?

— Ah, eu ajudei um pouco, mas tudo o que fiz foi de acordo com as instruções dele. Aquele garoto era um gênio.

— Realmente não dá para questionar.

— Seu irmão mais novo era um anão, sabe.

— Sei.

— Ele fez parte da soldagem embaixo da maquete.

— Parece mesmo de verdade.

— Não foi fácil e também não foi feito de uma noite para outra.

— Roma não foi construída em um dia.

— Aquele garoto não tinha uma vida doméstica, sabe.

— Ouvi falar.

— Esta era sua verdadeira casa. Passou milhares de horas aqui embaixo. Às vezes, nem colocava os trens para funcionar, apenas sentava e ficava olhando, assim como você e eu estamos fazendo.

— Tem muitos detalhes. É praticamente como uma viagem à Europa, tem muita coisa para ver, se prestarmos atenção.

— Ele via coisas que eu e você não veríamos. Do nada, destruiria uma colina tão real para nós quanto qualquer outra que já vimos. E também sempre tinha razão. Ele colocaria um lago no lugar da colina e um suporte sobre o lago, e no final das contas o cenário ficava dez vezes melhor do que estava antes.

— É um talento raro.

— Isso mesmo! — Jack disse apaixonadamente. O entusiasmo lhe causou outro acesso de tosse. Quando passou, lágrimas jorravam copiosamente de seus olhos. — Ouça, eu disse ao garoto que ele devia ir para a faculdade e estudar engenharia, assim conseguiria um emprego na American Flyer* ou algum lugar assim, uma empresa grande, que realmente conseguisse apoiar todas as suas ideias.

— Me parece que você o apoiou bastante.

---

* Fundada em 1910, foi a primeira fábrica de brinquedos dos Estados Unidos a produzir brinquedos de ferromodelismo em escala S. [N. de E.]

— Gostaria de tê-lo ajudado, gostaria de ter conseguido ajudá-lo — lamentou-se Jack. — Eu não tinha dinheiro. Eu lhe dava os equipamentos sempre que podia, mas a maioria das coisas aqui ele comprou com seu próprio salário, trabalhando para mim no andar de cima. Não gastava um centavo em nada além disto aqui: não bebia, não fumava, não ia ao cinema, não saía com garotas, não era maluco por carros.

— Este país certamente precisa de mais gente como ele.

Jack encolheu os ombros.

— Bem... acho que os bandidos da Flórida o pegaram. Com medo de que ele falasse.

— Acho que sim.

Subitamente, Jack desmoronou e começou a chorar.

— Fico pensando se os malditos filhos da mãe — soluçou — faziam a menor ideia de quem mataram!

36

Miau

Durante minha viagem a Ilium e a outros lugares — uma expedição de duas semanas até o Natal — deixei um pobre poeta chamado Sherman Krebbs viver de graça no meu apartamento em Nova York. Minha segunda esposa tinha me abandonado, alegando que eu era pessimista demais para viver com uma pessoa otimista como ela.

Krebbs tinha barba. Era um Jesus louro platinado com olhos de cocker spaniel. Não era um amigo próximo. Eu o conheci em um coquetel no qual ele se apresentou como Presidente Nacional dos Poetas e Pintores em Prol da Guerra Nuclear Imediata. Me implorou por um abrigo, não necessariamente à prova de bombas, e calhou de eu ter um para lhe oferecer.

Quando voltei para casa, ainda balançado com as enigmáticas implicações espirituais do anjo de pedra jamais retirado em Ilium, encontrei meu apartamento destruído por um deboche niilista. Krebbs fora embora, mas, antes, tinha feito interurbanos no valor de trezentos dólares, incendiado meu sofá em cinco lugares diferentes, assassinado meu gato e meu abacateiro e arrombado a porta do meu armário de remédios.

Escreveu este poema — com fezes, depois descobri — no chão de linóleo amarelo da minha cozinha:

> Eu tenho uma cozinha.
> Mas não é uma cozinha completa.
> Não serei verdadeiramente feliz
> Até que tenha um
> Triturador de lixo.

Havia outra mensagem no papel de parede acima da minha cama, escrita em batom com uma letra feminina. Dizia: "Não, não, não, disse Chicken Licken".*

Havia uma placa pendurada no pescoço do meu gato morto. Dizia: "Miau".

Nunca mais soube de Krebbs. Contudo, sinto que ele fez parte do meu *karass*. Se fez parte, serviu como um *wrang-wrang*. Segundo Bokonon, um *wrang-wrang* é uma pessoa que te afasta de uma determinada linha de pensamento, reduzindo essa mesma linha, com o exemplo da própria vida do *wrang-wrang*, a um completo absurdo.

Posso ter me sentido levemente inclinado a considerar o anjo de pedra como algo irrelevante e, a partir daí, acabar achando todo o resto irrelevante. Mas depois que vi o que Krebbs fez, em especial o que fez com meu doce gatinho, vi que o niilismo não era para mim.

Alguém ou algo não queria que eu me tornasse um niilista. A missão de Krebbs, soubesse ele ou não, era me desencantar dessa filosofia. Bom trabalho, sr. Krebbs, bom trabalho.

---

* Também conhecido como Henny Penny ou Chicken Little, é personagem de uma lenda popular dos Estados Unidos, um franguinho que acredita que o mundo vai acabar. O folclore virou uma animação da Disney, *O galinho Chicken Little*, lançada em 2005. [N. de E.]

37

Um major-general moderno

E então, um dia, num domingo, descobri onde estava o fugitivo da justiça, o criador de modelos em miniatura, o Grande Deus Jeová e Belzebu de insetos em potes. Descobri onde estava Franklin Hoenikker.

Ele estava vivo!

Vi a notícia num suplemento especial do *Sunday Times* de Nova York. O suplemento era um anúncio pago de uma república das bananas. Na capa estava o retrato da garota mais linda que vi na vida. Atrás da garota, escavadeiras derrubavam palmeiras para fazer uma ampla avenida. No fim da avenida, viam-se os esqueletos de aço de três novos prédios. "A República de San Lorenzo", dizia a edição na capa, "a caminho do progresso! Uma nação linda, saudável, feliz, progressista e amante da liberdade torna-se extremamente atraente para investidores e turistas norte-americanos."

Não tive pressa de ler o conteúdo da revista. A garota na capa havia sido suficiente para mim — mais do que suficiente, já que me apaixonei por ela à primeira vista. Era muito jovem e também muito séria — tinha um rosto luminoso, bondoso e sábio.

Sua pele era cor de chocolate. O cabelo era como linho dourado.

A capa dizia que seu nome era Mona Aamons Monzano. Era filha adotiva do ditador da ilha.

Folheei o suplemento, esperando encontrar mais fotos daquela sublime madona mestiça.

Em vez disso, encontrei um retrato do ditador da ilha, Miguel "Papa" Monzano, um gorila de 70 e tantos anos.

Ao lado do retrato de "Papa", havia a foto de um jovem imberbe, com ombros estreitos e cara de raposa. Ele vestia um blusão militar imaculadamente branco, com uma espécie de joia em formato de raio de sol pendurada nele. Tinha os olhos muito juntos e olheiras ao redor deles. Durante toda a sua vida provavelmente dissera aos barbeiros para rasparem os lados e a parte de trás da sua cabeça, mas deixarem em paz o topo. Tinha um penteado estilo Madame Pompadour, uma espécie de cubo de cabelos ondulados e crespos que subia até uma altura inacreditável.

Aquela criatura sem atrativos estava identificada na foto como o major-general Franklin Hoenikker, *Ministro da Ciência e Progresso da República de San Lorenzo.*

Ele tinha 26 anos de idade.

38

Capital mundial da barracuda

San Lorenzo tinha 129 quilômetros de comprimento e 32 de largura, dizia o suplemento do *Sunday Times* de Nova York. A população era de 450 mil almas, "todas ferozmente dedicadas aos ideais do Mundo Livre".

Seu ponto mais alto, o Monte McCabe, ficava a 3.352 metros acima do nível do mar. Sua capital era Bolivar, "...uma cidade incrivelmente moderna, construída em volta de um porto capaz de abrigar toda a Marinha dos Estados Unidos". Os principais produtos para exportação eram açúcar, café, banana, anil e artesanato.

"E os amantes da pesca reconhecem San Lorenzo como a incontestável capital mundial da barracuda."

Tentei imaginar como Franklin Hoenikker, que nem havia terminado o ensino médio, conseguira um emprego tão bom como aquele. Achei uma resposta parcial à minha pergunta em um ensaio sobre San Lorenzo assinado pelo próprio "Papa" Monzano.

"Papa" dizia que Frank era o arquiteto do "Plano Diretor de San Lorenzo", que incluía novas estradas, eletrificação rural, centros de tratamento de esgoto, hotéis, hospitais, clínicas, ferrovias — obras no geral. E, apesar de ser um ensaio curto e não muito bem editado, "Papa" se referiu cinco vezes a Frank como "...o *filho de sangue* do dr. Felix Hoenikker".

A frase me cheirava a canibalismo.

Obviamente, "Papa" achava que Frank era um pedaço da carne mágica do velho.

39

Fata Morgana

Fez-se um pouco mais de luz com outro ensaio do suplemento, um artigo floreado intitulado: "O que San Lorenzo significou para um americano". Tive quase certeza de que havia sido escrito por um *ghost-writer*, embora estivesse assinado pelo major--general Franklin Hoenikker.

No artigo, Frank falava sobre como ficara completamente sozinho no Mar do Caribe, náufrago em uma lancha Chris-Craft de vinte metros, quase totalmente inundada. Não explicava como fora parar lá ou como acabara sozinho nessa situação. Contudo, falava que seu ponto de partida fora Cuba.

> O luxuoso barco de passeio estava afundando e, com ele, minha vida sem sentido. Nos últimos quatro dias, só havia comido dois biscoitos e uma gaivota. As barbatanas de tubarões comedores de homens cortavam o mar cálido à minha volta e barracudas de dentes afiados faziam bolhas na água.
>
> Ergui os olhos para o Criador, disposto a aceitar qualquer que fosse Sua decisão. E meus olhos pousaram em um glorioso pico de montanha sobre as nuvens. Seria o efeito Fata Morgana — cruel engano de uma miragem?

Nesse ponto da leitura, pesquisei Fata Morgana e descobri que, na verdade, era uma miragem batizada assim por causa de Fada Morgana, uma fada que vivia no fundo de um lago. Era famosa por aparecer no estreito de Messina, entre a Calábria e a Sicília. Em suma: Fata Morgana era uma imagem poética bem ruim.

O que Frank viu de seu barco de passeio naufragando não foi o cruel efeito Fata Morgana, mas o pico do Monte McCabe. Então, como que por vontade Divina, ondas suaves guiaram carinhosamente o barco de Frank até o litoral rochoso de San Lorenzo.

Frank pisou em terra firme, secou os sapatos e perguntou onde estava. O artigo não dizia isso, mas o filho da mãe levava com ele um pedaço de *gelo-nove* em uma garrafa térmica.

Sem passaporte, Frank foi levado para a prisão da capital da cidade, Bolivar. Lá, "Papa" Monzano o visitou pessoalmente, e quis saber se ele era parente de sangue do imortal dr. Felix Hoenikker.

"Admiti que era", disse Frank no artigo. "A partir desse momento, todas as portas e oportunidades de San Lorenzo se escancararam para mim."

40

Casa da Esperança e da Misericórdia

Aconteceu — "como *era* para acontecer", diria Bokonon — que uma revista me enviou para fazer uma reportagem em San Lorenzo. Não era para ser uma reportagem sobre "Papa" Monzano ou Frank. Era para ser sobre Julian Castle, milionário do ramo do açúcar que, aos 40 anos, havia seguido o exemplo do dr. Albert Schweitzer e fundado um hospital gratuito no meio da selva, dedicando sua vida aos miseráveis de outra raça.

O hospital de Castle era chamado de Casa da Esperança e da Misericórdia na Selva. Essa selva ficava em San Lorenzo mesmo, entre os cafezais selvagens da encosta norte do Monte McCabe.

Quando peguei o avião para San Lorenzo, Julian Castle tinha 60 anos de idade.

Ele havia sido completamente altruísta durante vinte anos.

Em seus dias de egoísmo, fora tão conhecido dos leitores de tabloides quanto Tommy Manville, Adolf Hitler, Benito Mussolini e Barbara Hutton. Sua fama se baseava em depravação, alcoolismo, direção imprudente e fuga do serviço militar. Ele possuía um incrível talento para gastar milhões de dólares sem acrescentar nada à história da humanidade, a não ser desgosto.

Havia sido casado cinco vezes e produzido um filho.

O filho único, Philip Castle, era o gerente e proprietário do hotel onde eu planejava ficar. O hotel se chamava Casa Mona, e foi nomeado assim em homenagem a Mona Aamons Monzano, a garota negra loura na capa do suplemento *Sunday Times* de Nova York. O Casa Mona, novo em folha, era um dos três prédios que apareciam no suplemento, ao fundo do retrato de Mona.

Embora eu não achasse que ondas intencionais estivessem me levando até San Lorenzo, sentia que o amor tinha sua parte nisso. A Fata Morgana, miragem que me fazia pensar em como seria ter o amor de Mona Aamons Monzano, havia se tornado uma tremenda força em minha vida sem sentido. Eu imaginava que ela poderia me fazer muito mais feliz do que qualquer mulher havia conseguido até então.

41

Um *karass* para dois

No avião que voava de Miami para San Lorenzo, as poltronas se distribuíam em grupos de três. Aconteceu — "como *era* para acontecer" — que meus colegas de poltrona eram Horlick Minton, o novo embaixador dos Estados Unidos na República de San Lorenzo, e sua esposa, Claire. Ambos tinham cabelos brancos, eram gentis e delicados.

Minton me contou que era diplomata de carreira e que seria embaixador pela primeira vez. Até então, ele e sua esposa haviam servido na Bolívia, no Chile, no Japão, na França, no Egito, na Iugoslávia, na União Sul-Africana, na Libéria e no Paquistão.

Ainda eram apaixonados um pelo outro. Alegravam um ao outro o tempo inteiro com pequenos presentes: paisagens que valia a pena ver da janela do avião, trechos divertidos ou instrutivos do que liam ou lembranças aleatórias dos velhos tempos. Eram, acredito, um exemplo perfeito do que Bokonon chama de *duprass*, um *karass* composto por apenas duas pessoas.

"Um verdadeiro *duprass*", diz Bokonon, "não pode ser invadido, nem mesmo por filhos nascidos dessa união."

Dessa forma, excluí os Minton do meu próprio *karass*, do *karass* de Frank, do *karass* de Newt, do *karass* de Asa Breed, do *karass* de Angela, do *karass* de Lyman Enders Knowles e do *karass* de Sherman Krebbs. O *karass* dos Minton era muito organizado e composto somente por duas pessoas.

— Imagino que você esteja muito satisfeito — eu disse a Minton.

— Com o que eu deveria estar satisfeito?

— Satisfeito por ter a posição de embaixador.

Pelo olhar de pena que vi Minton e a esposa trocarem, concluí que eu havia dito algo muito idiota. Mas eles foram gentis comigo.

— Sim — ele respondeu, constrangido. — Estou muito satisfeito. — Sorriu debilmente. — Estou *profundamente* honrado.

Foi assim com quase todo assunto que propus. Não consegui fazer os Minton demonstrarem entusiasmo por nada.

Por exemplo:

— Imagino que vocês saibam falar vários idiomas — eu disse.

— Ah, uns seis ou sete, cá entre nós — disse Minton.

— Deve ser muito gratificante.

— O quê?

— Conseguir falar com pessoas de tantas nacionalidades diferentes.

— É muito gratificante — disse Minton, inexpressivamente.

— Muito gratificante — disse sua esposa.

E então voltaram a ler um grosso manuscrito datilografado que estava espalhado no braço da poltrona entre eles.

— Me digam uma coisa — eu disse, um pouco mais tarde —, em todas as suas grandes viagens, vocês acharam que as pessoas eram sempre iguais em todos os lugares?

— Ahn? — fez Minton.

—Vocês acham que as pessoas são iguais, não importa onde estejam?

Ele olhou para a esposa, para se certificar de que ela tinha ouvido a pergunta, e então se virou para mim.

— São basicamente iguais, não importa onde — ele concordou.

— Hum — fiz.

A propósito, Bokonon diz que os membros de um *duprass* sempre morrem com a diferença de até uma semana entre um e outro. Quando chegou a hora dos Minton, eles morreram no mesmo segundo.

42

Bicicletas para o Afeganistão

Havia um pequeno bar no fundo do avião e fui até lá tomar um drinque. Lá, conheci outros conterrâneos dos Estados Unidos, H. Lowe Crosby, de Evanston, Illinois, e a esposa dele, Hazel.

Eram robustos, com uns 50 anos. Ambos falavam muito alto. Crosby me disse que era dono de uma fábrica de bicicletas em Chicago e que seus funcionários não passavam de uns ingratos. Estava indo estabelecer seu negócio em San Lorenzo, um país mais grato.

— Conhece bem San Lorenzo? — perguntei.

— Nunca estive lá, mas gostei de tudo que ouvi — disse H. Lowe Crosby. — Eles têm disciplina. A gente pode ter certeza de que lá as coisas acontecem de um ano para outro. Lá, o governo não fica encorajando um bando de zé-ninguém, de quem nunca se ouviu falar, a ser alguma coisa.

— Como?

— Jesus Cristo, lá em Chicago não fazemos mais bicicletas. Agora só se fala nesse movimento das relações humanas.* Esses

---

* Conjunto de teorias administrativas que ganharam força com a Grande Depressão de 1929. As ideias do movimento trouxeram uma nova perspectiva para a recuperação das empresas, tratando o ser humano de forma mais complexa. [N. de E.]

intelectuais se reúnem e ficam tentando descobrir novas formas de deixar todo mundo feliz. Ninguém pode ser despedido, não importa o que faça. E se alguém, acidentalmente, fabrica uma bicicleta, o sindicato nos acusa de práticas cruéis e desumanas, o governo confisca a bicicleta, alegando impostos atrasados, e a entrega a um cego no Afeganistão.

— E você acha que as coisas serão melhores em San Lorenzo?

— Caramba, tenho certeza que sim. As pessoas lá são pobres o bastante, medrosas o bastante e ignorantes o bastante para ter algum bom senso!

Crosby perguntou meu nome e o que eu fazia da vida. Eu disse a ele, e sua esposa, Hazel, reconheceu meu sobrenome como sendo do estado de Indiana. Ela também era de Indiana.

— Meu Deus — disse ela —, você é um *hoosier*?*

Admiti que sim.

— Também sou uma *hoosier* — ela se vangloriou. — Ninguém precisa ter vergonha de ser *hoosier*.

— Eu não tenho — eu disse. — Nunca conheci alguém que tivesse.

— Os *hoosiers* fazem as coisas do jeito certo. Lowe e eu já viajamos duas vezes pelo mundo, e em todo lugar aonde vamos encontramos *hoosiers* no comando de tudo.

— Isso é reconfortante.

— Sabe o gerente daquele novo hotel em Istambul?

— Não.

— É um *hoosier*. E aquele sei-lá-o-quê militar em Tóquio...

— Adido — disse o marido.

---

* Gentílico que denomina pessoas nascidas no estado de Indiana, Estados Unidos. [N. de E.]

— Ele é *hoosier* — disse Hazel. — E o novo embaixador da Iugoslávia...

— *Hoosier?* — perguntei.

— Não só ele, mas o editor da revista *Life* de Hollywood também. E aquele homem no Chile...

—Também é *hoosier*?

— Em qualquer lugar aonde for você descobre que um *hoosier* deixou lá sua marca — disse ela.

— O cara que escreveu *Ben-Hur* era *hoosier*.

— E James Whitcomb Riley.

—Você também é de Indiana? — perguntei ao marido.

— Não. Sou do estado das pradarias.* A "Terra de Lincoln", como dizem.

— Até onde sei — disse Hazel, triunfante —, Lincoln também era *hoosier*. Ele cresceu no condado de Spencer.

— Claro — eu disse.

— Não sei o que é que os *hoosiers* têm — disse Hazel —, mas certamente são especiais. Se alguém fizesse uma lista, ficaria impressionado.

—Verdade — eu disse.

Ela se agarrou firmemente ao meu braço.

— Nós, *hoosiers,* precisamos nos unir.

— Certo.

— Pode me chamar de "mamãe".

— O quê?

— Sempre que encontro um jovem *hoosier*, eu lhe digo: "Você pode me chamar de *mamãe*".

—Arrã.

— Quero ouvir você falando — ela me pressionou.

— Mamãe?

---

* Apelido do estado de Illinois, enfatizando o cuidado do Estado com a conservação e restabelecimento de suas pradarias nativas. [N. de E.]

Ela sorriu e soltou meu braço. Parte do mecanismo do relógio havia completado seu ciclo. Ao chamar Hazel de "mamãe", eu o desliguei, e agora Hazel estava dando corda nesse relógio, esperando que o próximo *hoosier* aparecesse.

A obsessão de Hazel com os *hoosiers* do mundo era um típico exemplo de falso *karass*, de um time aparentemente unido, mas que não fazia sentido em termos de Ações Divinas, um típico exemplo do que Bokonon chama de *granfalloon*. Outros exemplos de *granfalloons* são o Partido Comunista, as Filhas da Revolução Americana, a General Electric Company, a Ordem Internacional dos Odd Fellows e qualquer nação, em qualquer época e lugar.

Bokonon nos convida a cantar com ele:

> Um *granfalloon*, para ser estudado,
> Basta remover a pele de um balão inflado.

43

A demonstração

H. Lowe Crosby acreditava que ditaduras eram quase sempre coisas boas. Não era uma pessoa horrível, tampouco um idiota. Para ele, o melhor era enfrentar o mundo com uma certa gozação caipira, mas muitas das coisas que dizia sobre a indisciplina da humanidade não eram apenas engraçadas, como também verdadeiras.

O único momento em que o humor e a razão o abandonaram foi quando ele afirmou o que achava que as pessoas realmente deveriam fazer com seu tempo na Terra.

Ele acreditava firmemente que as pessoas haviam sido criadas para fabricar bicicletas para ele.

— Espero que San Lorenzo seja tão bom como lhe falaram — eu disse.

— Só preciso falar com um homem para saber se é ou não — disse ele. — Quando "Papa" Monzano me der sua palavra de honra sobre algumas questões a respeito dessa ilhazinha, pronto. É assim que é, é assim que será.

— Uma coisa que gosto — disse Hazel — é que todos eles falam inglês e são cristãos. Isso torna as coisas bem mais fáceis.

— Sabe como eles lidam com o crime lá? — Crosby me perguntou.

— Não.

— Simplesmente não há criminalidade. "Papa" Monzano desestimulou o crime de uma forma tão terrível que as pessoas ficam com vontade de vomitar só de pensar nisso. Ouvi falar que dá para largar uma carteira no meio da calçada e voltar uma semana depois. Ela estará no mesmo lugar, com tudo dentro.

— Hum.

— Sabe qual é a punição por roubo?

— Não.

— O gancho — disse ele. — Sem multas, sem condicional, sem os trinta dias na cadeia. É o gancho. É o gancho para roubo, assassinato, incêndio proposital, traição, estupro, voyeurismo. Viole uma lei, qualquer uma, e vá para o gancho. Todo mundo consegue entender isso, e San Lorenzo é o país mais bem comportado do mundo.

— O que é o gancho?

— Eles pegam uma forca, sabe? Duas traves e uma viga. Então eles pegam uma espécie de anzol gigante e o penduram na viga. Daí, levam a pessoa que foi burra o bastante para violar a lei, enfiam a ponta do gancho em sua barriga até sair pelo outro lado, depois a soltam e ela fica lá pendurada, e, por Deus, lá se vai mais um maldito criminoso arrependido!

— Santo Deus!

— Não digo que seja um bom sistema — disse Crosby —, mas também não digo que é ruim. Às vezes fico pensando se algo assim não resolveria a delinquência juvenil. Talvez o gancho seja um pouco extremo demais para uma democracia. Enforcamentos públicos talvez sejam mais apropriados. Pendurar alguns daqueles ladrões de carro adolescentes em postes, na frente de suas próprias casas, com cartazes no pescoço dizendo: "Mamãe, aí está o seu garoto". Faça isso algumas vezes e tenho certeza de que as empresas que vendem travas de ignição faliriam, seguindo o caminho das fábricas de assentos traseiros de porta-malas e de estribos para carros.

—Vimos essa coisa no porão do Museu de Cera em Londres — disse Hazel.

— Que coisa? — perguntei.

— O gancho. Na Câmara dos Horrores, no porão, tinha uma pessoa de cera pendurada no gancho. Parecia tão real que me deu vontade de vomitar.

— Harry Truman não parecia nadinha com o Harry Truman — disse Crosby.

— Como?

— As estátuas de cera — disse Crosby. — A estátua de Harry Truman não parecia nem um pouco com ele.

— Mas a maioria era bem parecida — disse Hazel.

— Era alguém específico que estava pendurado no gancho? — perguntei a ela.

— Acho que não. Só uma pessoa qualquer.

— Só para demonstração? — perguntei.

— Sim. Havia uma cortina preta de veludo em frente ao gancho e você tinha que empurrá-la para ver. E havia um aviso afixado na cortina, dizendo que as crianças não podiam ver aquilo.

— Mas as crianças viam — disse Crosby. — Havia crianças lá, e todas viram.

— Um aviso como aquele é como erva-dos-gatos para crianças — disse Hazel.

— Como as crianças reagiram quando viram a pessoa no gancho? — perguntei.

— Ah — disse Hazel —, reagiram da mesma forma que os adultos. Olharam e não disseram nada, apenas foram ver a próxima atração.

— Qual era a próxima atração?

— Uma cadeira de ferro em que um homem havia sido assado vivo — disse Crosby. — Ele foi assado vivo por ter assassinado o próprio filho.

— Só que, depois que assaram o homem — Hazel relembrou, brandamente —, descobriram que, no final das contas, ele não havia assassinado o filho.

44

Simpatizantes do comunismo

Quando voltei ao meu assento ao lado do *duprass* de Claire e Horlick Minton, tinha novas informações sobre eles. As informações haviam sido fornecidas pelos Crosby.

Os Crosby não conheciam os Minton, mas conheciam sua reputação. Ficaram indignados pela nomeação de Minton como embaixador. Eles me contaram que Minton já havia sido demitido pelo Departamento de Estado por causa de sua inclinação ao comunismo e que um ardil comunista ou algo ainda pior o havia reintegrado.

— Muito agradável o barzinho lá atrás — disse a Minton, enquanto me sentava.

— Hmm? — Ele e a esposa ainda estavam lendo o manuscrito esparramado entre eles.

— Bacana, o bar lá atrás.

— Que bom. Fico feliz.

Aparentemente eles não tinham nenhum interesse em conversar comigo, apenas liam o manuscrito. E então Minton virou-se subitamente para mim, com um sorriso agridoce nos lábios, e perguntou:

— Quem era ele, afinal?

— Quem era quem?

— O homem com quem você falava no bar. Fomos lá pegar uns drinques e, quando ainda estávamos do lado de fora, ouvimos você e o homem conversando. Ele falava muito alto. Disse que eu era simpatizante do comunismo.

— Um fabricante de bicicletas chamado H. Lowe Crosby — eu disse. Senti meu rosto corar.

— Fui despedido por pessimismo. O comunismo não teve nada a ver com isso.

— A culpa foi minha — disse sua esposa. — A única prova real que acharam contra ele foi uma carta que escrevi ao *New York Times* quando estávamos no Paquistão.

— O que dizia a carta?

— Um monte de coisas — disse ela. — Eu estava muito aborrecida porque os americanos não conseguem imaginar como é ser outra coisa, ser outra coisa e ter orgulho disso.

— Entendo.

— Mas havia uma frase específica que continuavam martelando no interrogatório que testou minha lealdade à pátria — suspirou Minton. — "Os americanos" — ele disse, citando a carta da esposa ao *Times* — "estão sempre procurando pelo amor em formas que ele nunca assume, em lugares onde ele nunca está. Deve ter alguma coisa a ver com a fronteira desaparecida."

45

Por que os americanos são odiados

A carta de Claire Minton ao *Times* foi publicada durante o pior momento da era do senador McCarthy, e, doze horas depois que a carta foi publicada na edição impressa, seu marido foi despedido.

— O que havia de tão terrível na carta? — perguntei.

— A pior forma de traição possível — disse Minton — é dizer que os americanos não são amados onde quer que estejam e pelo que quer que façam. Claire tentou dizer que a política externa dos Estados Unidos deveria reconhecer o ódio, em vez de presumir o amor.

— Acho que os americanos *são* odiados em muitos lugares.

— *Muita gente* é odiada em vários lugares. Em sua carta, Claire alegou que os americanos, quando são odiados, estão simplesmente pagando o preço de serem pessoas, e que era tolice achar que, de alguma forma, deveriam estar isentos desse preço. Mas o Conselho de Lealdade não prestou nenhuma atenção nisso. Tudo que enxergavam era que Claire e eu achávamos que os americanos não eram queridos.

— Bom, fico feliz que a história tenha um final feliz.
— Hmm? — disse Minton.
— No fim tudo deu certo — disse eu. — Aqui está você a caminho de uma embaixada só sua.

Minton e a esposa trocaram outro daqueles olhares penalizados de *duprass*. Então Minton me disse:
— Sim. O pote de ouro no final do arco-íris é nosso.

46

O método bokononista de lidar com César

Conversei com os Minton sobre a questão legal de Franklin Hoenikker, que, afinal, não apenas era um figurão do governo de "Papa" Monzano, mas também um fugitivo da justiça dos Estados Unidos.

— Isso já foi resolvido — disse Minton. — Ele não é mais cidadão dos Estados Unidos e parece estar fazendo coisas boas onde está agora, ou seja, isso encerra a questão.

— Ele abriu mão da sua cidadania?

— Qualquer pessoa que jure fidelidade a uma nação estrangeira, se aliste em suas forças armadas ou aceite pagamento de outro governo perde a cidadania. Leia seu passaporte. Não dá para ter esse tipo de romance internacional de quadrinhos que Frank tem e ainda assim querer que Tio Sam seja como um pai para você.

— Ele é benquisto em San Lorenzo?

Minton analisou o manuscrito em suas mãos, que estava lendo com a esposa.

— Ainda não sei. O livro não diz.
— Que livro é esse?
— É o único livro acadêmico que existe sobre San Lorenzo.
— *Mais ou menos* acadêmico — disse Claire.
— Mais ou menos acadêmico — repetiu Minton. — Ainda não foi publicado. Esta é uma das cinco cópias que existem. — Ele me passou o livro, convidando-me a ler o quanto quisesse.

Abri o livro na primeira página e vi que o título completo era: *San Lorenzo: a terra, a história e o povo*. O autor era Philip Castle, filho de Julian Castle, o filho hoteleiro do grande altruísta que eu estava a caminho de visitar.

Abri o livro ao acaso, em qualquer página. Acontece que abri justamente no capítulo sobre Bokonon, o homem santo e fora da lei da ilha.

Havia uma citação extraída de *Os livros de Bokonon* na página à minha frente. As palavras saltaram do livro e penetraram em minha mente, onde foram muito bem-vindas.

As palavras parafraseavam a sugestão de Jesus: "Dai a César o que é de César".

A paráfrase de Bokonon era assim:

"Não ligue para César. César não tem a menor ideia do que está *realmente* acontecendo."

47

Tensão dinâmica

Fiquei tão absorto no livro de Philip Castle que não levantei os olhos dele nem quando pousamos por dez minutos em San Juan, Porto Rico. Não tirei os olhos dele nem quando alguém atrás de mim sussurrou, encantado, que um anão havia subido a bordo.

Pouco tempo depois procurei pelo anão, mas não consegui vê-lo. No entanto, na frente de Hazel e H. Lowe Crosby, sentou uma nova passageira, uma mulher com cara de cavalo e cabelo louro platinado. Ao lado dela havia uma poltrona aparentemente vazia, uma poltrona que poderia muito bem abrigar um anão sem que eu conseguisse ver o topo de sua cabeça.

Mas, como era *San Lorenzo: a terra, a história e o povo* que me fascinava no momento, desisti de procurar o anão. Afinal, os anões servem de entretenimento quando queremos nos divertir ou não temos o que fazer, e eu estava seriamente empolgado com a teoria de Bokonon sobre o que ele chamava de "tensão dinâmica", sua percepção de um valioso equilíbrio entre bem e mal.

Quando vi o termo "tensão dinâmica" pela primeira vez no livro de Philip Castle dei uma risadinha que imaginei ser de superioridade. Era o termo predileto de Bokonon, segundo o livro do jovem Castle, e eu presumi que sabia de algo que Bokonon não sabia: que o termo havia sido popularizado por Charles Atlas, um fisiculturista que vendia seu método pelo correio.

Como fiquei sabendo ao prosseguir com a leitura, Bokonon sabia exatamente quem era Charles Atlas. Na verdade, Bokonon havia sido aluno dele, na sua escola de fisiculturismo.

Charles Atlas acreditava que os músculos podiam ser trabalhados sem barras de peso ou exercícios constantes, bastava colocar uma série de músculos contra outra.

Bokonon acreditava que era possível formar boas sociedades apenas colocando o bem contra o mal e mantendo sempre uma elevada tensão entre eles.

No livro de Castle, li meu primeiro poema bokononista, ou "Calipso". Era assim:

> O "Papa" Monzano é muito malvado,
> Mas, sem o "Papa" malvado, eu ficaria chateado;
> Porque sem essa malvadeza,
> Diga-me, com certeza,
> Como poderia o perverso Bokonon
> Algum dia parecer bom?

48

Como Santo Agostinho

O livro de Castle dizia que Bokonon nascera em 1891. Era negro, episcopaliano de batismo e um súdito britânico da ilha de Tobago.

Foi batizado como Lionel Boyd Johnson.

Era o caçula de seis filhos de uma família rica. Sua família tinha dinheiro porque o avô de Bokonon encontrou um tesouro de pirata enterrado no valor de 250 mil dólares, provavelmente um tesouro de Edward Teach, o Barba Negra.

A família de Bokonon investiu o tesouro de Barba Negra em asfalto, polpa seca de coco, cacau, criação de porcos, vacas e aves domésticas.

O pequeno Lionel Boyd Johnson era um bom aluno, foi educado em escolas da Igreja Episcopal e se interessava mais pelos ritos religiosos do que a maioria das crianças.

Quando jovem, pelo seu interesse nas arapucas visíveis da religião organizada, dava para ver que tinha sido um pinguço, como ele mesmo nos convida a cantar em seu "Calipso 14":

Quando eu era moço,
Era tão alegre e mesquinho,
Bebia e era mulherengo,
Como o jovem Santo Agostinho.
Santo Agostinho,
Um santo foi se tornar.
Então, se eu também quiser ser um,
Ai, mamãe, não vá desmaiar.

49

Um peixe enviado por um mar furioso

Em 1911, Lionel Boyd Johnson era intelectualmente ambicioso o suficiente para velejar sozinho de Tobago para Londres em uma corveta chamada *Lady's Slipper*. Seu objetivo era cursar a universidade.

Matriculou-se na London School of Economics and Political Science.

Sua educação foi interrompida pela Primeira Guerra Mundial. Alistou-se na Infantaria, lutou com distinção, foi promovido e recebeu quatro menções em despachos. Foi atacado com gás na Segunda Batalha de Ypres, ficou no hospital por dois anos e então o dispensaram.

Ele enfim se preparou para voltar para casa, para Tobago, navegando sozinho mais uma vez no *Lady's Slipper*.

A menos de 130 quilômetros de casa, foi detido e revistado por um submarino alemão, o *U-99*. Foi feito prisioneiro, enquanto a pequena chalupa foi utilizada pelos bárbaros para a prática de tiro ao alvo. Quando ainda estava na superfície, o submarino foi surpreendido e capturado por um destróier britânico, o *Raven*.

Johnson e os alemães foram trazidos a bordo do destróier, e o *U-99* foi afundado.

O *Raven* deveria seguir até o Mediterrâneo, mas nunca chegou ao destino. Perdeu a direção: ou ficava parado na água, impotente, ou rodava em grandes círculos no sentido horário. Acabou parando, por fim, nas ilhas de Cabo Verde.

Johnson ficou nas ilhas por oito meses, esperando algum tipo de transporte até o hemisfério ocidental.

Por fim, conseguiu emprego como tripulante de um navio de pesca que levava imigrantes ilegais a New Bedford, Massachussetts. O navio explodiu quando parou em terra firme, em Newport, Rhode Island.

Nesse período, Johnson se convenceu de que algo estava tentando levá-lo a algum lugar por algum motivo. Então ficou por um tempo em Newport, para ver se era lá que estava seu destino. Trabalhou como jardineiro e carpinteiro na famosa residência dos Rumfoord.*

Durante esse tempo, viu de relance muitos hóspedes distintos dos Rumfoords, entre eles J. P. Morgan, o general John J. Pershing, Franklin Delano Roosevelt, Enrico Caruso, Warren Gamaliel Harding e Harry Houdini. E foi nessa época que a Primeira Guerra Mundial chegou ao fim, depois de matar 10 milhões de pessoas e ferir 20 milhões, entre eles, Johnson.

Quando a guerra acabou, o jovem libertino da família Rumfoord, Remington Rumfoord IV, quis viajar ao redor do mundo em seu iate a vapor, o *Scheherazade*, e visitar Espanha, França, Itália, Grécia, Egito, Índia, China e Japão. Convidou Johnson para acompanhá-lo como seu imediato, e Johnson concordou.

★ Referência explícita a outro livro de Vonnegut, *As sereias de Titã*, no qual o milionário Winston Niles Rumfoord é um dos personagens centrais. Na obra, os Rumfoord são uma família tradicional dos Estados Unidos. [N. de E.]

Johnson viu muitas maravilhas do mundo na viagem.

O *Scheherazade*, pego em um nevoeiro, colidiu com o porto de Bombaim e apenas Johnson sobreviveu. Morou na Índia por dois anos e tornou-se um seguidor de Mohandas K. Gandhi. Foi preso por liderar grupos que protestavam contra o governo britânico deitando-se em trilhos de trens. Quando sua pena na cadeia terminou, foi mandado para sua casa em Tobago por conta da Coroa.

Lá, construiu outra escuna, que batizou de *Lady's Slipper II*.

E então velejou nela pelo Mar do Caribe, vagando, ainda em busca da tempestade que o levaria em direção à terra onde sem dúvida estaria seu destino.

Em 1922, buscou abrigo contra um furacão em Porto Príncipe, Haiti, país ocupado por fuzileiros navais dos Estados Unidos.

Lá, Johnson foi abordado por um desertor dos fuzileiros navais, um idealista, um homem brilhante e autodidata chamado Earl McCabe. McCabe era cabo e havia acabado de roubar os fundos de lazer do seu regimento. Ofereceu quinhentos dólares a Johnson por transporte até Miami.

Os dois partiram para Miami.

Mas uma ventania arrastou a escuna até os rochedos de San Lorenzo. O barco afundou. Johnson e McCabe, absolutamente nus, conseguiram nadar até a costa. O próprio Bokonon narra a aventura:

> Um peixe enviado
> Pelo furioso mar,
> Cheguei quase afogado
> E fui eu mesmo me tornar.

Encantou-se com o mistério de chegar nu a uma ilha desconhecida. Resolveu deixar a aventura seguir seu curso, e ver quão longe iria um homem que surgira nu da água salgada.

Para ele, foi como um renascimento:

> Seja como um bebê,
> A Bíblia dizia,
> Então continuo um bebê,
> Até hoje em dia.

A origem do nome Bokonon é muito simples de explicar. "Bokonon" era como os nativos da ilha pronunciavam o nome Johnson no seu dialeto em inglês.

E quanto ao dialeto...

O dialeto de San Lorenzo é, ao mesmo tempo, fácil de compreender e difícil de escrever. Digo que é fácil de compreender, mas falo apenas por mim mesmo. Outras pessoas acharam o idioma tão incompreensível quanto basco, de modo que minha compreensão pode ser telepática.

Em seu livro, Philip Castle demonstrou o dialeto foneticamente e captou muito bem o espírito da coisa. Escolheu como exemplo a versão de San Lorenzo do poema "Brilha, brilha, estrelinha".

No inglês falado nos Estados Unidos, uma versão desse poema imortal seria assim:

> Brilha, brilha, estrelinha,
> Quero ver você brilhar,
> Faz de conta que é só minha,
> Só pra ti irei cantar.
> Brilha, brilha, estrelinha,
> Brilha, brilha lá no céu.

No dialeto de San Lorenzo, segundo Castle, o mesmo poema seria assim:

> *Brisg-lha, brisg-lha, este-lee-nha,*
> *Kewri veeri voosser brisg-lhaur,*
> *Faze dee kunta qui iei soo mi-ha,*
> *Soo pri tei irie kun-taur.*
> *Brisg-lha, brisg-lha, este-lee-nha,*
> *Brisg-lha, brisg-lha, yaa noo cewu.*

A propósito, pouco tempo depois de Johnson se tornar Bokonon, o bote salva-vidas do seu barco despedaçado foi parar em terra firme. Mais tarde, esse mesmo bote foi pintado de dourado e serviu de cama para o presidente da ilha.

"Há uma lenda, criada por Bokonon", diz Philip Castle em seu livro, "de que o bote dourado navegará novamente quando o fim do mundo estiver próximo."

50

Um anão simpático

Minha leitura sobre a vida de Bokonon foi interrompida por Hazel, esposa de H. Lowe Crosby. Ela estava parada no corredor ao meu lado.

— Você não vai acreditar — disse ela. — Encontrei mais dois *hoosiers* nesse avião.

— Não diga.

— Não nasceram *hoosiers*, mas *moram* lá agora. Moram em Indianápolis.

— Muito interessante.

— Quer conhecê-los?

— Acha que devo?

A pergunta a deixou confusa:

— São seus conterrâneos *hoosiers*.

— Como se chamam?

— O sobrenome dela é Conners e o dele é Hoenikker. São irmãos, e ele é um anão. Mas um anão simpático. — Ela piscou para mim. — Uma coisinha muito esperta.

— Ele chamou você de mamãe?

— Quase pedi que o fizesse. Mas então parei e pensei que talvez fosse rude pedir isso a um anão.

— Imagina.

51

Tudo bem, mamãe

Fui, então, até a traseira do avião para conversar com Angela Hoenikker Conners e o pequeno Newton Hoenikker, membros do meu *karass*.

Angela era a loura platinada com cara de cavalo que eu tinha visto anteriormente.

Newt era de fato um jovem muito pequeno, embora não fosse grotesco.

Era bem proporcionado em escala, como Gulliver entre o povo de Brobdingnag, e tão observador e perspicaz quanto ele.

Segurava uma taça de champanhe, inclusa no preço da sua passagem de avião. A taça era, para ele, o que um aquário seria para um homem de estatura normal, mas ele bebia seu champanhe com uma elegância natural — como se ele e a taça fossem feitos um para o outro.

O pequeno filho da mãe trazia com ele dentro da bagagem um cristal de *gelo-nove* em uma garrafa térmica, assim como sua infeliz irmã, enquanto abaixo de nós havia um dos estoques particulares de água de Deus, o Mar do Caribe.

Depois que extraiu todo o prazer que podia de apresentar *hoosiers* a *hoosiers*, Hazel nos deixou em paz.

— Lembrem-se — disse ela, ao sair —, de agora em diante me chamem de *mamãe*.

— Tudo bem, mamãe — disse eu.

— Tudo bem, mamãe — disse Newt. Por causa da sua laringe pequena, sua voz era bem aguda. Mas, apesar disso, conseguia dar um jeito de deixá-la masculina.

Angela insistia em tratar Newt como criança — e ele a perdoava por isso, com uma graça afável que eu imaginava ser impossível em alguém tão pequeno.

Newt e Angela se lembravam de mim, assim como lembraram das cartas que eu havia escrito, e me convidaram para sentar na poltrona vazia do seu grupo de três.

Angela pediu desculpas por nunca responder minhas cartas:

— Não conseguia pensar em nada que pudesse interessar ao leitor de um livro. Poderia ter inventado algo sobre aquele dia, mas achei que você não gostaria disso. Na verdade, foi um dia bem normal.

— Seu irmão aqui me escreveu uma carta muito boa.

Angela ficou surpresa:

— Newt? Como Newt lembraria de algo? — Ela se virou para ele. — Querido, você não lembra de nada daquele dia, não é? Você era apenas um bebê.

— Lembro, sim — disse ele, suavemente.

— Gostaria de ter *lido* essa carta. — Ela insinuava que Newt ainda era muito imaturo para lidar diretamente com o mundo exterior. Angela era uma mulher terrivelmente insensível, incapaz de compreender o que a pequena estatura significava para Newt. — Querido, você devia ter me mostrado essa carta — ralhou.

— Desculpe — disse Newt. — Não pensei direito.

— É bom que saiba também — Angela me disse — que o dr. Breed me aconselhou a não cooperar com o senhor. Disse que o senhor não estava interessado em pintar um retrato fiel do papai. — Ela demonstrou que não gostava de mim por isso.

Aplaquei um pouco da sua fúria dizendo que provavelmente nunca terminaria o livro, de qualquer maneira, que não tinha mais uma ideia clara do que ele significaria ou deveria significar.

— Bom, se um dia você *escrever* o livro, melhor mostrar papai como um santo, porque foi isso que ele foi.

Prometi que faria o possível para transmitir essa ideia aos leitores. Perguntei se ela e Newt estavam indo encontrar Frank para uma reunião de família em San Lorenzo.

— Frank vai se casar — disse Angela. — Estamos indo para a festa de noivado.

— É mesmo? E quem é a sortuda?

— Vou lhe mostrar — disse Angela, pegando uma carteira na bolsa. Dentro da carteira havia uma espécie de acordeão de plástico, e em cada dobra dele havia uma fotografia. Angela passou rapidamente pelas fotografias, dando-me vislumbres do pequeno Newt em uma praia de Cape Cod, do dr. Felix Hoenikker recebendo o Prêmio Nobel, de suas filhas gêmeas em casa e de Frank pilotando um aeromodelo, bem no fim de um dos gomos de plástico.

E então ela me mostrou uma foto da noiva de Frank.

Daria no mesmo se ela tivesse me chutado o saco.

A foto que ela me mostrou era de Mona Aamons Monzano, a mulher que eu amava.

52

Sem dor

Depois que Angela abriu seu acordeão de plástico, não queria guardá-lo até que alguém visse cada uma das fotografias.

— Estas são as pessoas que amo — declarou.

Então olhei para as pessoas que ela amava. O que ela havia aprisionado em plástico, como fósseis de insetos em âmbar, eram imagens de praticamente todos os membros do nosso *karass*. Não havia um membro de um *granfalloon* na coleção.

Havia muitas fotos do dr. Hoenikker, pai da bomba, pai de três filhos, pai do *gelo-nove*. Era um homem pequeno, o pretenso pai do anão e da giganta.

Minha foto favorita do velho, na coleção de fósseis de Angela, era uma em que ele aparecia todo agasalhado para o inverno, com sobretudo, cachecol, galochas e um gorro de lã caseiro com um grande pompom em cima.

Essa fotografia, disse Angela, com um nó na garganta, havia sido tirada em Hyannis apenas três horas antes do velho morrer. Um fotógrafo de jornal reconhecera a grande celebridade, apesar do disfarce de elfo de Natal.

— Seu pai morreu no hospital?

— Ah, não! Morreu em nosso chalé, em uma grande cadeira de vime branca, olhando o mar. Newt e Frank tinham ido dar uma volta na praia, vê-la cheia de neve...

— Era uma neve muito cálida — disse Newt. — Foi quase como pisar em flores de laranjeira. Muito estranho. Não havia ninguém nos outros chalés...

— O nosso era o único com aquecimento — disse Angela.

— Ninguém por quilômetros — lembrou Newt, pensativo. — E Frank e eu cruzamos com esse cachorrão preto na praia, um labrador. Jogávamos gravetos no mar, e ele os trazia de volta.

— Eu tinha ido ao vilarejo buscar mais lâmpadas para a árvore de Natal — disse Angela. — Sempre montávamos uma árvore.

— Seu pai gostava de ter uma árvore de Natal?

— Nunca disse que gostava — disse Newt.

— Acho que ele gostava, sim — disse Angela. — Apenas não demonstrava muito. Algumas pessoas não demonstram muito o que sentem.

— E algumas sim — disse Newt. Ele encolheu levemente os ombros.

— De qualquer modo — disse Angela —, quando voltamos para casa, nós o encontramos na cadeira. — Ela sacudiu a cabeça. — Acho que ele não sofreu nem um pouco. Só parecia estar dormindo. Não teria essa aparência se tivesse sofrido pelo menos um pouco.

Ela deixou de lado uma parte interessante da história. Deixou de lado o fato de que foi nessa mesma véspera de Natal que ela, Frank e o pequeno Newt dividiram o *gelo-nove* do velho.

53

O presidente da Fabri-Tek

Angela me encorajou a olhar as fotos.

— Essa sou eu, acredita? — Indicou a foto de uma adolescente de mais de 1,80 metro. Na foto, ela segurava um clarinete e usava o uniforme de desfile da banda do colégio de Ilium. Seu cabelo estava enfiado dentro de um quepe de banda estudantil. Ela sorria, tímida, mas com uma viva animação.

E então Angela, uma mulher a quem Deus não tinha concedido praticamente nenhum atributo que pudesse conquistar um homem, me mostrou uma foto do seu marido.

— E este é Harrison C. Conners. — Fiquei chocado. Seu marido era um homem surpreendentemente bonito, e parecia ter consciência disso. Vestia-se muito bem e tinha no olhar a calma e o encanto de um Don Juan.

— O que... o que ele faz? — perguntei.

— Ele é presidente da Fabri-Tek.

— Eletrônicos?

— Não poderia lhe dizer, mesmo se soubesse. São assuntos do governo, projetos secretos.

—Armas?

— Bem, coisas de guerra.

— Como vocês se conheceram?

— Ele trabalhava como assistente do meu pai no laboratório — disse Angela. — Depois se mudou para Indianápolis e fundou a Fabri-Tek.

— Então seu casamento foi o final feliz de um longo romance?

— Não. Nem imaginava que ele sabia da minha existência. Eu o achava simpático, mas ele nunca havia prestado atenção em mim até a morte do meu pai. Um dia ele foi a Ilium. Eu estava naquela casa grande e velha, pensando que minha vida havia acabado... — Ela falou dos dias terríveis que se seguiram à morte do pai. — Apenas eu e o pequeno Newt naquela casa grande e velha. Frank havia sumido, e os fantasmas eram dez vezes mais barulhentos do que eu e Newt. Eu havia desistido de toda a minha vida para poder tomar conta de meu pai, levá-lo e buscá-lo no trabalho, vestir seu casaco no frio, tirar seu casaco no calor, alimentá-lo, pagar suas contas. Subitamente, não havia mais nada para fazer. Nunca tive nenhum amigo próximo e não havia ninguém a quem recorrer, a não ser Newt.

Ela continuou:

— E então, bateram na porta e lá estava Harrison Conners. Era a coisa mais linda que eu já tinha visto. Ele entrou, falamos sobre os últimos dias de papai e sobre os velhos tempos também.

Então Angela quase chorou.

— Duas semanas depois, estávamos casados.

54

Comunistas, nazistas, monarquistas, paraquedistas e desertores

Quando voltei à minha poltrona no avião, sentindo-me ainda mais desprezível por ter perdido Mona Aamons Monzano para Frank, retomei minha leitura do manuscrito de Philip Castle.

Procurei *Monzano, Mona Aamons* no índice, mas lá dizia para procurar *Aamons, Mona*.

Então procurei *Aamons, Mona* e descobri quase o mesmo número de páginas de referência que vinha após o nome do próprio "Papa" Monzano.

E depois de *Aamons, Mona*, vinha *Aamons, Nestor*. Virei, então, as poucas páginas relativas a Nestor e descobri que era o pai de Mona, um arquiteto, nascido na Finlândia.

Nestor Aamons foi capturado pelos russos e libertado pelos alemães durante a Segunda Guerra Mundial. Seus libertadores não o mandaram de volta para casa, mas o forçaram a servir de engenheiro para uma unidade da Wehrmacht cujo objetivo era lutar contra guerrilheiros iugoslavos. Foi capturado por chetniks, guerrilheiros monarquistas sérvios, e depois pelos guerrilheiros comunistas que atacaram os chetniks. Paraquedistas italianos, que surpreenderam os comunistas, libertaram-no e o enviaram à Itália.

Os italianos o puseram para trabalhar construindo fortificações na Sicília. Ele roubou um barco de pesca e conseguiu chegar a Portugal, território neutro.

Lá ele conheceu um desertor dos Estados Unidos chamado Julian Castle.

Depois de descobrir que Aamons era arquiteto, Castle o convidou para se juntar a ele na ilha de San Lorenzo e projetar um hospital, que se chamaria Casa da Esperança e da Misericórdia na Selva.

Aamons aceitou. Construiu o hospital, casou-se com uma nativa chamada Celia, gerou com ela uma filha perfeita e morreu.

55

Nunca escreva o índice do seu próprio livro

Sobre a vida de *Aamons, Mona*, o próprio índice fornecia um retrato surrealista e alternado das muitas forças conflitantes que tinham sido impostas a ela e de suas reações consternadas a essas forças.

"*Aamons, Mona*", dizia o índice, "adotada por Monzano a fim de aumentar sua popularidade, 194-199, 216 n.; infância na Casa da Esperança e da Misericórdia, 63-81; romance juvenil com P. Castle, 72-73; morte do pai, 89 ss; morte da mãe, 92-93; constrangida com seu papel de símbolo erótico nacional, 80, 95-96, 166 n.; 209, 247 n.; 400-406, 566 n.; 678; noivado com Philip Castle, 193; essência da sua ingenuidade, 67-71, 80, 95-96, 116 n., 209, 274 n., 400-406, 566 n., 678; vive com Bokonon, 92-98, 196-197; poemas sobre ela, 2n., 26, 114, 119, 311, 316, 477 n., 501, 507, 555 n., 689, 718 ss, 800 n., 841, 846 ss, 908 n., 971, 974; poemas de sua autoria, 89, 92, 193; volta para Monzano, 199; volta para Bokonon, 197; foge de Bokonon, 199; foge de Monzano, 197; tenta ficar feia para deixar de ser símbolo erótico para os ilhéus, 80, 95-96, 116 n., 209, 247 n., 400-406, 566 n., 678; instruída por Bokonon, 63-80; escreve carta às Nações Unidas, 200; virtuose do xilofone, 71."

Mostrei o registro do índice aos Minton, e perguntei se eles não achavam aquilo uma encantadora biografia por si só, uma biografia de uma relutante deusa do amor. Recebi uma inesperada resposta, de especialista, dessas que só às vezes surgem na vida. Parece que Claire Minton, quando jovem, trabalhara como indexadora profissional. Eu nunca tinha ouvido falar dessa profissão.

Ela me disse que muitos anos atrás bancara os estudos do marido na universidade com seu salário de indexadora, que o salário era bom e que poucas pessoas sabiam escrever índices da forma correta.

Disse que escrever o índice do próprio livro é algo que só autores verdadeiramente amadores fazem. Perguntei o que achara do índice de Philip Castle.

— Elogioso para com o autor, ofensivo para o leitor — disse ela. — Em uma palavra — observou, com a amabilidade sagaz de uma perita —, *autocomplacente*. Fico sempre constrangida quando vejo um índice escrito pelo próprio autor.

— Constrangida?

— É algo muito sugestivo, um índice escrito pelo próprio autor — me informou. — É uma exposição indecente aos olhos *treinados*.

— Ela consegue ler a personalidade da pessoa pelo índice — disse seu marido.

— É mesmo? — perguntei. — E o que você tem a me dizer sobre Philip Castle?

Ela sorriu levemente:

— Coisas que é melhor não contar a estranhos.

— Desculpe.

— Obviamente ele é apaixonado por essa Mona Aamons Monzano — disse ela.

— Pelo que sei, todos os homens de San Lorenzo são.

—Tem sentimentos conflitantes em relação ao pai — disse ela.

— Todos os homens da Terra têm. — Pedi gentilmente que continuasse.

— É inseguro.

— Que mortal não é? — perguntei. Não sabia disso na época, mas era uma pergunta muito bokononista essa que fiz.

— Ele nunca se casará com ela.

— Por que não?

— Já disse tudo que tinha para dizer — disse ela.

— Fico feliz de conhecer uma indexadora que respeita a privacidade dos outros.

— Nunca escreva o índice do seu próprio livro — ela declarou.

Um *duprass*, diz Bokonon, é um instrumento valioso para conquistar e desenvolver, na privacidade de um eterno relacionamento amoroso, percepções estranhas, mas verdadeiras. A habilidade dos Minton em analisar índices era certamente um desses casos. Um *duprass*, diz Bokonon, também é uma instituição docemente vaidosa. A instituição dos Minton não fugia à regra.

Um pouco depois, eu e o embaixador Minton nos encontramos no corredor do avião, longe de sua esposa, e ele me mostrou que era importante para ele que eu respeitasse a opinião de sua esposa sobre os índices.

— Sabe por que Castle nunca se casará com a garota, mesmo que a ame e ela o ame, mesmo que tenham crescido juntos? — ele sussurrou.

— Não, senhor, não sei.

— É porque ele é homossexual — sussurrou Minton. — Ela também pode ver isso pelo índice.

56

Uma gaiola de ratos autossuficiente

Li no livro de Castle que, quando Lionel Boyd Johnson e o Cabo Earl McCabe chegaram nus e quase afogados à praia de San Lorenzo, foram recebidos por pessoas em pior estado do que eles. O povo de San Lorenzo não tinha nada, a não ser doenças, e não fazia a menor ideia de como diagnosticá-las ou tratá-las. Johnson e McCabe, por outro lado, tinham os dons maravilhosos da instrução, ambição, curiosidade, audácia, irreverência, saúde e humor, além de uma considerável informação sobre o mundo exterior.

Como diz um dos "Calipsos":

> Ah, sim, gente muito pobre
> encontrei nessa freguesia.
> Ai, não havia música,
> E birita ninguém bebia.
> Ah, e todo lugar em que botavam o pé
> Pertencia à Castle Sugar Incorporated
> e à Santa Fé.

Segundo Philip Castle, essa declaração da situação imobiliária de San Lorenzo em 1922 é totalmente verdadeira. Acontece que a Castle Sugar foi fundada pelo bisavô de Philip Castle. Em 1922, a empresa possuía cada pedacinho de terra cultivável da ilha.

O jovem Castle escreveu:

> As operações da Castle Sugar em San Lorenzo nunca deram lucro. Mas como não pagava absolutamente nada aos trabalhadores, a companhia conseguiu se estabilizar ano após ano, lucrando apenas o suficiente para pagar os salários dos capatazes que torturavam os trabalhadores.
>
> A forma de governo era a anarquia, salvo em algumas situações em que a Castle Sugar desejava adquirir alguma coisa ou ver um serviço feito. Nesses casos, a forma de governo era o feudalismo. A nobreza era composta por capatazes das plantações da Castle Sugar, homens brancos armados até os dentes, que vinham de fora do país. Os cavaleiros eram brutamontes nativos que, por um presentinho ou pequenos privilégios, obedeciam às ordens de matar, machucar ou torturar. As necessidades espirituais das pessoas presas nessa demoníaca gaiola de ratos eram supridas por um punhado de padres balofos.
>
> A Catedral de San Lorenzo, implodida em 1923, era geralmente lembrada como uma das maravilhas do Novo Mundo feitas por mãos humanas.

57

O sonho ruim

Não foi nenhum milagre que fez o cabo McCabe e Johnson conseguirem assumir o controle de San Lorenzo. Muita gente assumiu o controle da ilha — e inevitavelmente descobriu que não era um lugar bem protegido contra invasores. O motivo era simples: Deus, em Sua Infinita Sabedoria, havia criado uma ilha inútil.

Hernán Cortés foi o primeiro homem a registrar no papel a posse da estéril ilha de San Lorenzo. Em 1519, Cortés e seus homens chegaram à costa em busca de água fresca, deram um nome à ilha, declararam-na propriedade do imperador Carlos V e nunca mais voltaram. Outras expedições vieram em busca de ouro, diamantes, rubis e especiarias, não encontraram nada na ilha, queimaram alguns nativos por diversão e heresia, e foram embora em seus navios.

Escreveu Castle:

> Quando a França invadiu San Lorenzo em 1682, os espanhóis não reclamaram. Quando a Dinamarca invadiu San Lorenzo em 1699, os franceses não reclamaram. Quando a

Holanda invadiu San Lorenzo em 1704, os dinamarqueses não reclamaram. Quando a Inglaterra invadiu San Lorenzo em 1706, os holandeses não reclamaram. Quando a Espanha invadiu San Lorenzo em 1720, os ingleses não reclamaram. Quando, em 1786, negros africanos assumiram o controle de um navio negreiro inglês, aportaram com ele à costa de San Lorenzo e proclamaram a ilha uma nação independente, na verdade um império com um imperador, os espanhóis não reclamaram.

O imperador era Tum-bumwa, o único que achava que valia a pena defender a ilha. Era um maníaco que construiu a catedral de San Lorenzo e as fortalezas extravagantes na costa norte da ilha, fortalezas que abrigam agora a residência do homem que se intitula presidente da república.

As fortalezas nunca haviam sido atacadas, e nenhum homem em sã consciência acharia um motivo para atacá-las. Elas nunca defenderam nada. Dizem que 1 400 pessoas morreram durante a construção. Dessas 1 400, quase metade foi executada em público por desempenho no trabalho abaixo do esperado.

A Castle Sugar chegou à ilha em 1916, durante o *boom* do açúcar da Primeira Guerra Mundial. Não havia nenhum tipo de governo. A empresa achou que até mesmo os campos cheios de barro e pedregulhos de San Lorenzo poderiam ser lucrativos com o preço do açúcar em alta. Ninguém reclamou.

Quando McCabe e Johnson chegaram em 1922 e anunciaram que tomariam o controle, a Castle Sugar retirou-se placidamente, como se acordasse de um sonho ruim.

58

Tirania, com uma diferença

"Havia pelo menos uma característica realmente original nos novos conquistadores de San Lorenzo", escreveu o jovem Castle. "McCabe e Johnson sonhavam em transformar San Lorenzo em uma utopia.

"Com esse objetivo, McCabe reformulou toda a economia e as leis da ilha.

"Johnson criou uma nova religião".

Castle citou novamente um dos "Calipsos":

> Eu queria que todas as coisas
> Parecessem fazer sentido,
> Sim, para que a gente fosse feliz,
> Em vez de deprimido.
> E inventei mentiras,
> Tudo muito preciso,
> E fiz desse triste mundo
> Um pa-ra-í-so.

Senti um puxão na manga do meu casaco enquanto lia. Olhei para cima.

O pequeno Newt Hoenikker estava parado ao meu lado, no corredor.

— Pensei que talvez você topasse voltar para o bar — disse — e tomar uns drinques.

Então viramos uns copos, e a língua de Newt ficou solta o bastante para que me contasse algumas coisas sobre Zinka, sua amiga, a anã e dançarina russa. O ninho de amor, ele me disse, ficava no chalé do pai em Cape Cod.

— Posso nunca me casar, mas pelo menos tive uma lua de mel.

Ele me contou dos momentos idílicos que passou nos braços de Zinka, ambos aninhados na velha cadeira de vime branca de Felix Hoenikker, a cadeira de frente para o mar.

Zinka dançara para ele.

— Imagine uma mulher dançando só para mim — ele disse.

— Vejo que não se arrepende de nada.

— Ela partiu meu coração. Não gostei muito disso. Mas foi o preço que paguei. Neste mundo nada é de graça.

Propôs um brinde espirituoso:

— Às namoradas e esposas — ele gritou.

59

Apertem os cintos

Eu estava no bar com Newt, H. Lowe Crosby e outras pessoas quando San Lorenzo foi avistada. Crosby estava falando sobre sacanas:

— Sabe o que quero dizer com "sacana"?

— Conheço a palavra — eu disse —, mas claro que não tenho essa relação maluca que você tem com ela.

Crosby já havia bebido umas e outras e tinha a ilusão do bêbado de que podia falar abertamente sobre qualquer assunto, contanto que falasse de forma afetuosa. Ele falou aberta e afetuosamente sobre o tamanho de Newt, algo que ninguém no bar havia feito até então.

— Não estou me referindo a alguém como nosso amiguinho aqui. — Crosby apoiou no ombro de Newt a mão pesada como um presunto. — Não é o tamanho que faz de um homem um sacana. É a forma como ele pensa. Já vi homens quatro vezes maiores que nosso amiguinho aqui, e eles eram uns sacanas. E já vi baixinhos, bom, não tão baixinhos assim, na verdade, mas danados de pequenos, juro por Deus, e esses eram homens de verdade.

— Obrigado — disse Newt, cordial, nem ao menos olhando para a mão monstruosa no seu ombro. Eu nunca tinha visto um ser humano tão bem adaptado a uma deficiência física humilhante como aquela. Estremeci de admiração por Newt.

—Você estava falando sobre sacanas — eu disse a Crosby, na esperança de que ele tirasse a mão pesada do ombro de Newt.

— Pode apostar que sim — disse Crosby, endireitando-se.

—Você ainda não nos contou o que significa um sacana — eu disse.

— Um sacana é alguém que se acha tão esperto que não consegue ficar de bico calado. Não importa o que digam, ele precisa discutir a questão. Você diz que gosta de algo e, por Deus, ele vai dizer que você está errado em gostar disso. Um sacana faz o possível para você se sentir um idiota o tempo todo. Não importa o que diga, ele sabe mais do que você.

— Não é uma característica muito atraente numa pessoa — sugeri.

— Minha filha quis se casar com um sacana uma vez — disse Crosby, sombriamente.

— E casou?

— Eu o esmaguei feito um inseto. — Crosby esmurrou o bar, lembrando das coisas que o sacana havia dito e feito. — Jesus! — ele disse. — Aqui todo mundo foi para a faculdade! — Seu olhar pousou em Newt novamente. —Você foi para a faculdade?

— Cornell — disse Newt.

— Cornell! — gritou Crosby, feliz. — Meu Deus, eu estudei na Cornell!

— Ele também — disse Newt, apontando para mim.

— Três ex-alunos de Cornell no mesmo avião! — disse Crosby, e lá veio um outro festival de *granfalloon*.

Quando Crosby baixou um pouco a bola, perguntou a Newt o que ele fazia da vida.

— Eu pinto.

— Casas?

— Quadros.

— Não diga — disse Crosby.

—Voltem aos seus lugares e apertem o cinto de segurança, por favor — avisou a aeromoça. — Estamos sobrevoando o Aeroporto Monzano, em Bolivar, San Lorenzo.

— Cristo! Caramba, espere um minutinho — disse Crosby, olhando para Newt. — De repente, lembrei que já ouvi seu sobrenome antes.

— Meu pai foi o pai da bomba atômica. — Newt não disse que Felix Hoenikker fora *um* dos pais. Disse que Felix fora *o* pai.

— É mesmo? — perguntou Crosby.

— Isso aí.

— Estava pensando em outra coisa — disse Crosby. Precisou puxar na memória. — Algo a ver com uma dançarina.

— Acho que é melhor voltarmos a nossas poltronas — disse Newt, um pouco tenso.

— Tinha a ver com uma dançarina russa. — Crosby estava suficientemente mamado de birita para não ver nenhum problema em pensar em voz alta. — Lembro de uma matéria que dizia que a dançarina talvez fosse uma espiã.

— Por favor, senhores — disse a aeromoça —, voltem imediatamente a seus assentos e apertem os cintos.

Newt olhou para cima e perguntou a H. Lowe Crosby, inocentemente:

—Tem certeza de que o sobrenome era Hoenikker? — E para eliminar qualquer chance de erro de identidade, soletrou seu sobrenome para Crosby.

— Posso ter me enganado — disse H. Lowe Crosby.

60

Uma nação sem regalias

Vista de cima, a ilha era um retângulo espantosamente regular. Pedras cruéis e pontudas brotavam do mar, em direção ao céu. Formavam um círculo em volta da ilha.
    A cidade portuária de Bolivar ficava na extremidade sul.
    Era a única cidade.
    Era a capital.
    Era construída num terreno pantanoso. As pistas do Aeroporto Monzano ficavam na orla da ilha.
    Montanhas surgiam abruptamente ao norte de Bolivar, empurrando o resto da ilha com suas brutais corcovas. Eram chamadas de Montanhas Sangre de Cristo, mas para mim pareciam porcos num chiqueiro.
    Bolivar havia tido muitos nomes: Caz-ma-caz-ma, Santa Maria, Saint Louis, Saint George e Port Glory, entre outros. Em 1922, Johnson e McCabe deram o nome atual em homenagem a Simón Bolívar, o grande idealista e herói latino-americano.
    Quando Johnson e McCabe chegaram à cidade, viram que ela havia sido construída com galhos, caixotes, latas vazias e lama — que abrigavam as catacumbas de um trilhão de felizes

catadores de lixo, catacumbas repousando no meio de uma mistura rançosa de restos de comida, poças de excremento e lama.

Foi exatamente assim que encontrei a ilha, exceto pela nova fachada arquitetônica ao longo da orla.

Johnson e McCabe fracassaram em salvar as pessoas da miséria e da sujeira.

"Papa" Monzano também fracassara.

Todo mundo estava fadado a fracassar, já que San Lorenzo era tão infértil quanto o Deserto do Saara ou uma calota polar.

Ao mesmo tempo, tinha uma alta densidade demográfica, tão grande quanto as da China e da Índia. A média era de 1,1 mil habitantes por quilômetro quadrado não habitável.

"McCabe e Johnson, durante a fase idealista da reorganização de San Lorenzo, anunciaram que a renda total do país seria dividida igualmente entre a população adulta", escreveu Philip Castle. Na primeira e última vez em que tentaram isso, cada adulto recebeu entre seis e sete dólares.

61

O valor de um cabo

No galpão da alfândega do Aeroporto Monzano, examinaram nossa bagagem e exigiram que convertêssemos o dinheiro que gastaríamos em San Lorenzo em cabos, a moeda local. "Papa" Monzano insistia em declarar que um cabo valia cinquenta centavos de dólar americano.

O galpão era novo e estava limpo, com exceção de vários cartazes colados nas paredes de forma desleixada e confusa.

Um deles dizia:

QUALQUER UM QUE FOR PEGO PRATICANDO O BOKONONISMO EM SAN LORENZO MORRERÁ NO GANCHO!

Outro cartaz mostrava uma fotografia de Bokonon, um velhinho negro esquelético fumando um charuto. Ele parecia inteligente, bondoso e bem-humorado.

Abaixo da fotografia, as seguintes palavras: PROCURADO VIVO OU MORTO, RECOMPENSA DE 10000 CABOS!

Cheguei mais perto e vi que haviam colocado na parte inferior do cartaz uma espécie de ficha policial que Bokonon havia preenchido no passado, pelos idos de 1929. Aparentemente, o objetivo era mostrar as impressões digitais e a letra de Bokonon aos caçadores de recompensa.

Mas o que me interessou de verdade foram as palavras com que Bokonon escolheu preencher os espaços em branco naquele ano de 1929. Sempre que possível, ele assumia um ponto de vista cósmico, por exemplo, levando em consideração coisas como a brevidade da vida e a dimensão da eternidade.

Como seu passatempo, ele respondeu: "estar vivo".

Como sua ocupação principal, respondeu: "estar morto".

Outro cartaz dizia:

> ESTE É UM PAÍS CRISTÃO! QUALQUER UM QUE FOR PEGO DE PÉS DESCALÇOS SEM MOTIVO JUSTO SERÁ PUNIDO COM O GANCHO.

O cartaz não fazia nenhum sentido para mim, já que eu ainda não sabia que os bokononistas uniam suas almas comprimindo a sola do pé nas solas dos pés de outras pessoas.

O maior mistério de todos, até a parte do livro de Castle que eu tinha lido, era como Bokonon, amigo do peito do cabo McCabe, havia se tornado um fora da lei.

62

Por que Hazel não ficou assustada

Sete pessoas desembarcaram em San Lorenzo: Newt e Angela, o embaixador Minton e sua esposa, H. Lowe Crosby e sua esposa e eu. Quando passamos pela alfândega, fomos conduzidos para fora do galpão até um palanque ao ar livre.

Lá, demos de cara com uma multidão silenciosa.

Mais ou menos 5 mil san lorenzanos olhavam para nós. A pele dos nativos era da cor de aveia. Eles eram magros. Não havia uma só pessoa gorda. Todos tinham dentes faltando. Muitos tinham pernas inchadas ou arqueadas.

Não havia um só par de olhos límpidos.

Os seios mirrados das mulheres estavam nus. Os homens usavam tangas folgadas que quase não escondiam seu pênis minúsculo, quase como os pêndulos daqueles relógios de vovô.

Havia muitos cães, mas nenhum latia. Havia muitos bebês, mas nenhum chorava. Alguém tossia aqui e ali, mas era só isso.

Havia uma banda militar em posição de sentido, completamente imóvel, em frente à multidão.

Havia um guarda negro na frente da banda. Ele portava duas bandeiras, a bandeira dos Estados Unidos, com as listras e estrelas, e a bandeira de San Lorenzo. A bandeira de San Lorenzo consistia numa divisa de cabo dos fuzileiros navais dos Estados Unidos em um campo azul. A bandeira pendia frouxamente no dia sem vento.

Pensei ter ouvido ao longe o som de alguém tocando furiosamente um tambor, mas não havia som algum. Minha alma simplesmente reverberava a batida aguda e metálica do calor de San Lorenzo.

— Ainda bem que é um país cristão — Hazel Crosby sussurrou no ouvido do marido —, senão eu estaria um pouquinho assustada.

Havia um xilofone atrás de nós.

O xilofone tinha algo brilhante gravado com pedras vermelhas e *strass*, um nome.

O nome era: MONA.

63

Reverente e livre

Do lado esquerdo do nosso palanque era possível ver seis caças enfileirados, uma assistência militar dos Estados Unidos para San Lorenzo. Na fuselagem de cada avião, com sede de sangue infantil, havia sido pintada a imagem de uma jiboia esmagando um demônio até a morte. Saía sangue dos ouvidos, do nariz e da boca do demônio. Um tridente escorregava pelos satânicos dedos vermelhos.

Diante de cada avião havia um piloto cor de aveia, também silencioso.

Então, pairando acima daquele silêncio túmido, surgiu um barulho insistente, como o som de um mosquito. Era o som de uma sirene se aproximando. A sirene vinha da limusine preta reluzente de "Papa".

A limusine parou na nossa frente, com os pneus cantando.

Dela saltaram "Papa" Monzano, sua filha adotiva Mona Aamons Monzano, e Franklin Hoenikker.

A um sinal flácido e imperioso de "Papa", a multidão cantou o Hino Nacional de San Lorenzo. Era a mesma melodia de

"Home of the Range".* O hino havia sido escrito em 1922 por Lionel Boyd Johnson, por Bokonon. A letra era assim:

> Oh, nosso é o país
> Onde a vida é feliz,
> E o homem é bravo como um tubarão;
> As mulheres são decentes,
> E estamos crentes
> De que nossos filhos ainda melhores serão.
> San, San Lo-ren-zo!
> Ilha rica e afortunada, onde vive nossa gente!
> Nosso inimigos se deixam abater,
> Pois sabem que não podem vencer
> Um povo tão livre e reverente.

---

* Famosa canção country dos Estados Unidos e hino do estado do Kansas. [N. de E.]

64

Paz e abundância

Depois do hino, a multidão caiu novamente em um silêncio mortal.

"Papa", Mona e Frank juntaram-se a nós no palanque. Enquanto dirigiam-se a nós, ouviu-se o som de um tambor. O barulho parou quando "Papa" apontou um dedo para o percussionista.

Por cima do blusão militar, ele usava uma espécie de suspensório com coldre. A arma no coldre era um revólver calibre 45 cromado. Ele era um homem muito, muito velho, assim como muitos membros do meu *karass*. Estava em péssima forma. Seus passos eram curtos, e ele andava arrastando os pés. Ainda era um homem gordo, mas a banha estava derretendo depressa, pois o uniforme militar dançava no corpo. Tinha olhos amarelos de sapo e as mãos trêmulas.

Seu guarda-costas pessoal era o major-general Franklin Hoenikker, que estava de uniforme branco. Frank — de pulso fino e ombros magros — parecia uma criança que havia passado da hora de dormir. Em seu peito havia uma medalha.

Observei os dois, "Papa" e Frank, com certa dificuldade — não porque meu campo de visão estivesse bloqueado, mas porque não conseguia tirar os olhos de Mona. Eu estava encantado, desolado, alegre, maluco. Nos meus sonhos mais loucos e desvairados, tudo o que sempre havia desejado ver em uma mulher se realizara em Mona. Nela, que Deus proteja sua alma cálida e maravilhosa, havia paz e abundância eternas.

Aquela garota — e ela tinha só 18 anos — era encantadoramente serena. Parecia entender tudo e personificar tudo que havia para entender no mundo. Mona é citada várias vezes em *Os livros de Bokonon*. Uma das coisas que Bokonon dizia dela: "Mona tem a simplicidade do universo".

Seu vestido em estilo grego era branco.

Usava sandálias baixas nos pezinhos marrons.

Seus cabelos dourados-platinados eram compridos e lisos.

Seus lábios eram como uma lira.

Ah, Deus.

Paz e abundância eternas.

Ela era a única mulher bonita em San Lorenzo. Um patrimônio nacional. Segundo o livro de Castle, "Papa" a adotara para dar um toque de divindade a seu governo cruel.

O xilofone foi levado até a frente do palanque. E Mona o tocou. Ela tocou "When Day is Done". O ar se encheu com a vibração do instrumento — crescendo, diminuindo, crescendo de novo.

A multidão estava intoxicada com tanta beleza.

E então foi a vez de "Papa" nos cumprimentar.

65

Um bom momento para visitar San Lorenzo

"Papa" era um autodidata que havia sido mordomo do cabo McCabe. Nunca havia saído da ilha. Falava inglês de forma tolerável. Qualquer coisa dita no palanque era transmitida bem alto para a multidão através daqueles alto-falantes do apocalipse.

A conversa que saía desses alto-falantes caía numa pequena avenida atrás da multidão, ricocheteava nos três prédios de vidro do fim da avenida, novos em folha, e voltava para nós como um barulho ensurdecedor.

— Bem-vindos — disse "Papa". — Somos o melhor amigo que os Estados Unidos já tiveram. Os Estados Unidos são incompreendidos em muitos lugares, mas não aqui, senhor embaixador. — Ele se curvou a H. Lowe Crosby, o fabricante de bicicletas, achando que ele era o novo embaixador.

— Sei que aqui é um bom país, senhor presidente — disse Crosby. — Tudo que ouvi sobre ele me pareceu muito bom. Só tem um detalhe...

— Sim?

— Não sou o embaixador — disse Crosby. — Gostaria de ser, mas, infelizmente sou apenas um simples empresário. — Disse de má vontade quem era o verdadeiro embaixador. — Aquele homem ali é o figurão.

— Ah. — "Papa" sorriu ao perceber seu erro. O sorriso sumiu subitamente. A dor o fez estremecer e então se curvar. Ele fechou os olhos, concentrado em sobreviver àquela dor.

Frank Hoenikker veio em seu auxílio, indeciso, desajeitadamente:

— Está se sentindo bem?

— Desculpem-me — "Papa" por fim sussurrou, endireitando-se um pouco. Havia lágrimas em seus olhos. Ele as enxugou, endireitando-se o máximo que podia. — Perdão.

Pareceu confuso por um momento, sem saber onde estava e o que esperavam dele. E então se lembrou. Apertou as mãos de Horlick Minton:

— Aqui vocês estão entre amigos.

— Tenho certeza disso — disse Minton gentilmente.

— Cristãos — disse "Papa".

— Que bom.

— Anticomunistas — disse "Papa".

— Que bom.

— Não tem comunistas aqui — disse "Papa". — Morrem de medo do gancho.

— Imagino que sim — disse Minton.

— Vocês escolheram um bom momento para nos visitar — disse "Papa". — Amanhã será um dos dias mais felizes da história do nosso país. Amanhã é o feriado nacional mais importante, o Dia dos Cem Mártires da Democracia. E também será o dia do noivado do major-general Franklin Hoenikker com Mona Aamons Monzano, a pessoa mais preciosa para mim e para toda San Lorenzo.

— Desejo-lhe muitas felicidades, srta. Monzano — disse Minton cordialmente. — E muitas felicidades a *você* também, general Hoenikker.

Os dois jovens agradeceram com um aceno de cabeça.

E então Minton falou a respeito dos Cem Mártires da Democracia, contando uma mentira deslavada:

— Não há uma só criança americana que não conheça a história do nobre sacrifício de San Lorenzo na Segunda Guerra Mundial. Os cem corajosos san lorenzanos que serão homenageados amanhã fizeram o que somente os verdadeiros amantes da liberdade fariam. O presidente dos Estados Unidos me pediu para representá-lo pessoalmente na cerimônia de amanhã e jogar no mar uma coroa de flores, um presente do povo americano para o povo de San Lorenzo.

— O povo de San Lorenzo agradece a você, a seu presidente e ao generoso povo americano pela consideração — disse "Papa". — Ficaremos honrados se você jogar a coroa de flores no mar amanhã, durante a festa de noivado.

— A honra é toda minha.

"Papa" nos convidou a honrá-lo com nossa presença na cerimônia da coroa de flores e na festa de noivado do dia seguinte. Deveríamos aparecer no seu palácio ao meio-dia.

— Que filhos esses dois terão! — disse "Papa", apontando para Frank e Mona. — Que sangue! Quanta beleza!

A dor o atingiu mais uma vez.

Ele fechou os olhos novamente, a fim de se recuperar da dor.

Esperou que passasse, mas ela não passou.

Ainda em agonia, deu as costas para nós e encarou a multidão e o microfone. Tentou gesticular para o povo, mas não conseguiu. Tentou falar, mas não conseguiu.

E então as palavras vieram:

— Vão para casa — ele gritou, com a voz entrecortada. — Vão para casa!

A multidão se dispersou como folhas ao vento.

"Papa" voltou-se para nós, ainda grotesco em sua agonia...

E então desmaiou.

66

A coisa mais poderosa que existe

Ele não estava morto.

Mas certamente parecia morto, exceto que vez e outra tremia e tinha espasmos no meio de toda aquela morte aparente.

Frank protestou em voz alta que "Papa" não estava morto, *não podia* estar morto. Estava fora de si.

— "Papa"! Você não pode morrer! Não pode!

Frank afrouxou o colarinho e o blusão de "Papa", esfregou seus pulsos.

— Deixem ele respirar! Deixem o "Papa" respirar!

Os pilotos dos caças vieram correndo nos ajudar. Um teve o bom senso de ir buscar a ambulância do aeroporto.

A banda e o guarda negro, sem nenhuma ordem para cumprir, permaneceram em posição de sentido, trêmulos.

Olhei para Mona e vi que ela continuava serena e havia se afastado até um canto do palanque. A morte, se fosse acontecer ali mesmo, não a perturbava nem um pouco.

De pé ao lado dela estava um dos pilotos. Ele não estava olhando para Mona, mas transparecia uma alegria que atribuí à proximidade dela.

"Papa" recuperava agora um certo nível de consciência. Sua mão, agitada como um pássaro capturado, apontou para Frank:

— Você... — disse.

Todos nós ficamos em silêncio para ouvir suas palavras.

Seus lábios se moveram, mas não ouvimos nada além de sons parecidos com bolhas embaixo d'água.

Nesse momento, alguém teve uma ideia maravilhosa — que em retrospecto me pareceu uma péssima ideia. Alguém — um dos pilotos, acho — tirou o microfone do suporte e colocou-o perto dos lábios borbulhantes de "Papa", para amplificar suas palavras.

E então os suspiros da morte e todo tipo de cantoria espasmódica ricochetearam nos prédios novos.

Depois vieram as palavras:

— Você — disse ele a Franklin, com uma voz rouca —, você, Franklin Hoenikker, será o próximo presidente de San Lorenzo. Ciência... você tem a ciência. A ciência é a coisa mais poderosa que há.

"Papa" continuou:

— Ciência — ele disse. — Gelo. — Revirou os olhos amarelos e desmaiou de novo.

Olhei para Mona.

Sua expressão permanecia inalterada.

O piloto ao lado dela, no entanto, mostrava no rosto a firmeza catatônica e orgiástica de alguém recebendo a Medalha de Honra do Congresso.

Olhei para baixo e vi o que não devia ver.

Mona havia tirado as sandálias. Seu pezinho marrom estava descalço.

E com esse mesmo pé ela massageava, massageava e massageava — obscenamente — o peito do pé, calçado com botas, do piloto.

67

Ga-ahn-an-chuh!

"Papa" não morreu — não naquela hora.

Rolaram o corpo do "Papa" até a grande ambulância vermelho-sangue do aeroporto.

Os Minton foram levados até sua embaixada por uma limusine americana.

Newt e Angela foram levados até a casa de Frank em uma limusine san lorenzana.

Eu e os Crosby fomos levados até o hotel Casa Mona no único táxi de San Lorenzo, uma limusine Chrysler 1939 grande como um carro funerário, com assentos dobráveis. Havia um sobrenome na traseira do carro: Castle Transportation Inc. O táxi era de Philip Castle, proprietário do Casa Mona, filho do homem completamente altruísta que eu fora entrevistar.

Os Crosby e eu estávamos irritados. Nossa irritação vinha de perguntas sem respostas. Os Crosby queriam saber quem era Bokonon. Estavam chocados com a ideia de que alguém pudesse se opor a "Papa" Monzano.

Indiferente a isso, o que eu queria saber de uma vez por todas era quem haviam sido os Cem Mártires da Democracia.

Os Crosby conseguiram sua resposta mais rápido. Como não conseguiam entender o dialeto san lorenzano, eu precisei traduzir para eles. A principal pergunta de Crosby ao motorista foi:

— Afinal, quem diabos é esse sacana do Bokonon?

— Homem muito mau — disse o motorista. O que ele disse de verdade foi: — *Hoomin mull-tho mauuh.*

— Um comunista? — perguntou Crosby, ao ouvir minha tradução.

— Ah, certamente.

— Ele tem seguidores?

— Como?

— Alguém acha que ele está fazendo a coisa certa?

— Ah, não, senhor — disse o motorista, devotamente. — Ninguém tão louco assim.

— Por que ele não foi preso ainda? — Crosby exigiu saber.

— Homem difícil de achar — disse o motorista. — Muito esperto.

— Bom, provavelmente alguém o está escondendo e alimentando, senão ele já teria sido pego.

— Ninguém o esconde, ninguém o alimenta. Todo mundo muito esperto para fazer isso.

— Tem certeza disso?

— Ah, certeza — disse o motorista. — Qualquer um que dê comida ao velho maluco, qualquer um que lhe dê lugar para dormir, leva o gancho. Ninguém quer o gancho.

Foi assim que ele pronunciou essa última palavra: "*Ga-ahn--an-chuh*".

68

Sien-ehn marr-tieehrz

Perguntei ao motorista quem haviam sido os Cem Mártires da Democracia. Vi que a avenida pela qual passávamos se chamava Avenida dos Cem Mártires da Democracia.

O motorista me contou que San Lorenzo declarara guerra à Alemanha e ao Japão uma hora depois de Pearl Harbor ter sido atacada.

San Lorenzo recrutou cem homens para lutar ao lado da democracia. Esses cem homens foram colocados num navio com destino aos Estados Unidos, onde deveriam receber treinamento e armas.

Um submarino alemão afundou o navio assim que ele deixou o porto de Bolivar.

— *Esiz, siohr* — disse ele —, *zaun us sien-ehn marr-tieehrz dia diemoo-craz-yía.*

— Esses, senhor — ele disse em seu dialeto —, são os Cem Mártires da Democracia.

69

Um grande mosaico

Eu e os Crosby tivemos a curiosa experiência de sermos os primeiros hóspedes de um novo hotel. Fomos os primeiros a assinar o livro de registros do Casa Mona.

Os Crosby estavam na minha frente, mas H. Lowe Crosby ficou tão surpreso com o livro todo em branco que não conseguiu assiná-lo. Precisou pensar um pouco.

— Assine você primeiro — ele me disse. Depois, desafiando-me a pensar que ele era supersticioso, declarou que queria fotografar um homem que fazia um enorme mosaico no reboco fresco da parede do saguão.

O mosaico era um retrato de Mona Aamons Monzano. Tinha seis metros de altura. O homem que trabalhava nele era jovem e musculoso. Estava sentado no topo da escada de mão. Vestia apenas calças brancas.

Era um homem branco.

O mosaicista fazia com lascas de ouro os lindos cabelos da nuca de Mona, equilibrados em seu pescoço de cisne.

Crosby foi até lá para fotografá-lo e voltou dizendo que o homem era o maior sacana que já tinha visto. Ele estava vermelho como um tomate quando disse isso.

— Ele distorce tudo o que a gente diz.

Eu me aproximei do mosaicista, observei-o por alguns momentos e então disse a ele:

— Eu invejo você.

— Sempre soube — ele suspirou — que, se esperasse bastante, apareceria alguém para me invejar. Dizia a mim mesmo para ser paciente, que cedo ou tarde alguém invejoso viria.

— Você é americano?

— Tenho essa alegria. — Ele continuou seu trabalho, de costas para mim. Não estava nada curioso para saber como eu era. — Também quer tirar uma foto minha?

— Você se importa?

— Penso, logo, existo, logo, sou fotografável.

— Infelizmente, não trouxe minha câmera.

— Bom, então, pelo amor de Deus, vá buscá-la! Você não é daquelas pessoas que confiam na memória, né?

— Acho que não vou esquecer tão cedo esse rosto que você está fazendo.

— Vai esquecê-lo quando estiver morto, e eu também. Quando morrer, vou esquecer de tudo. E aconselho você a fazer o mesmo.

— Ela posou para o mosaico ou você está trabalhando com base em fotografias ou algo assim?

— Estou trabalhando com base em algo assim.

— Como?

— Estou trabalhando com base em algo assim — ele bateu na testa. — Tenho tudo de que preciso nesta minha cabeça invejável.

— Você a conhece?

— Tenho essa alegria.

— Frank Hoenikker é um cara de sorte.

— Frank Hoenikker é um merdinha.

—Você é bem sincero.

— Também sou rico.

— Fico feliz por você.

— Se quer a opinião de um especialista, o dinheiro nem sempre traz felicidade.

— Obrigado pela informação. Você me salvou de uma baita encrenca. Eu estava prestes a ganhar dinheiro.

— Como?

— Escrevendo.

— Escrevi um livro uma vez.

— Como se chamava?

— *San Lorenzo* — disse ele —, *a terra, a história e o povo.*

70

Instruído por Bokonon

— Então presumo — eu disse ao mosaicista — que você seja Philip Castle, filho de Julian Castle.

— Tenho essa alegria.

— Estou aqui para ver seu pai.

— Você é vendedor de aspirinas?

— Não.

— Que pena. O estoque de aspirinas do papai está quase acabando. E de remédios milagrosos? Papai adora tirar um milagre da cartola, de vez em quando.

— Não sou vendedor de remédios. Sou escritor.

— E o que o faz pensar que um escritor não é um vendedor de remédios?

— Tem razão. É isso mesmo.

— O tipo de livro de que papai precisa é um que sirva para pessoas que estão morrendo ou com muita dor. Imagino que não tenha escrito algo assim.

— Ainda não.

— Acho que dá dinheiro. Outra dica valiosa para você.

— Imagino que dê para reescrever o "Salmo 23" e mudar umas palavras, assim ninguém vai perceber que não fui eu que escrevi.

— Bokonon tentou reescrevê-lo — Philip disse. — Mas descobriu que não dava para mudar uma só palavra.

—Você também o conhece?

— Tenho essa alegria. Ele foi meu tutor quando eu era pequeno. — Gesticulou de forma sentimental para o mosaico. —Também foi tutor de Mona.

— Foi um bom professor?

— Eu e Mona sabemos ler, escrever e fazer somas simples, se é isso que quer saber — disse Castle.

71

A alegria de ser americano

H. Lowe Crosby se juntou a nós para dar mais uma boa olhada em Castle, o sacana.

— O que você pensa que é — sorriu desdenhosamente —, um *beatnik* ou o quê?

— Eu me considero um bokononista.

— Isso é contra a lei neste país, não é?

— Acontece que tenho a alegria de ser americano. Digo que sou bokononista sempre que tenho vontade e até agora ninguém me incomodou.

— Acho que devo obedecer às leis do país onde me encontro.

— É mesmo? Não diga.

Crosby ficou lívido.

— Dane-se, seu babaca!

— Dane-se, seu panaca — disse Castle, calmamente. — E danem-se o Dia das Mães e o Natal também.

Crosby marchou pelo saguão até o recepcionista e disse:

— Quero denunciar aquele homem, aquele sacana que se diz artista. Vocês têm um belo país aqui, que tenta atrair turistas e novos investimentos na indústria. Se eu levar em conta aquele homem e o jeito como ele falou comigo, jamais ponho de novo os pés em San Lorenzo. E se algum amigo um dia me perguntar o que eu acho de San Lorenzo, direi para ele ficar bem longe daqui. O quadro na parede até que está ficando bonito, mas juro por Deus que o sacana que está fazendo isso é o filho da puta mais malcriado e sem-vergonha que já conheci.

O recepcionista parecia estar passando mal.

— Senhor...

— Estou ouvindo — disse Crosby, furioso.

— Senhor... ele é o dono do hotel.

72

O Hilton do sacana

H. Lowe Crosby e sua esposa fizeram check-out do Casa Mona, que Crosby chamou de "o Hilton do sacana", e exigiram acomodações na Embaixada Americana.

Ou seja: eu era o único hóspede em um hotel de cem quartos.

Meu quarto era agradável. A vista da janela dava, como todos os outros quartos, para a Avenida dos Cem Mártires da Democracia, o Aeroporto Monzano e o porto de Bolivar. O Casa Mona havia sido construído na forma de uma estante de livros, com a parte dos fundos e dos lados bem sólida e a fachada feita com um vidro verde-azulado. Era impossível ver a sujeira e a miséria da cidade dali do hotel, visíveis só dos lados e atrás do Casa Mona.

Meu quarto tinha ar-condicionado. Chegava a fazer um pouco de frio lá dentro. E, tendo trocado o calor escaldante por aquele gelo todo, espirrei.

Havia flores frescas na mesinha de cabeceira, mas minha cama ainda não estava arrumada. A cama não tinha nem mesmo travesseiro. Somente um simples colchão Beautyrest novinho em folha, ainda na embalagem. E não havia cabides no guarda-roupa nem papel higiênico no banheiro.

Então fui até o corredor em busca de uma camareira que pudesse me ajudar a equipar um pouco melhor o quarto. Não havia ninguém, mas vi uma porta aberta no fim do corredor e ouvi alguns barulhos baixos vindos de lá.

Fui até a porta e vi que era uma suíte grande, forrada com jornais e panos. Estava sendo pintada, mas os dois pintores não estavam fazendo seu serviço quando entrei lá. Estavam sentados em uma prateleira grande, do tamanho da janela na parede.

Tinham os pés descalços e os olhos fechados. Um estava de frente para o outro.

Juntos, pressionavam as solas dos pés umas nas outras.

Cada um agarrava o próprio tornozelo, dando aos corpos a impressão e exatidão de um triângulo.

Limpei a garganta.

Os dois rolaram da prateleira, caindo nos jornais e panos salpicados de tinta. Caíram de quatro. Ficaram nessa posição, com os traseiros para cima e os narizes quase encostando no chão.

Achavam sinceramente que seriam mortos.

— Com licença — eu disse, surpreso.

— Não conte a ninguém — implorou um dos pintores, num tom choroso —, por favor, por favor, não conte.

— Contar o quê?

— O que você acabou de ver!

— Eu não vi nada.

— Se você contar — ele disse, e encostou a bochecha no chão, olhando para mim lá de baixo, suplicante —, se você contar, nós vamos morrer no *ga-ahn-an-chuh*!

— Olhem, amigos — eu disse —, ou cheguei cedo demais ou tarde demais, mas garanto a vocês que não vi nada que valesse a pena contar para alguém. Por favor, levantem-se.

Os dois se levantaram, os olhos ainda cravados em mim. Estavam tremendo e morrendo de medo. Por fim, acabei convencendo-os de que jamais contaria a ninguém o que tinha visto.

O que eu tinha visto, é claro, era o ritual bokononista do *boko-maru*, ou fusão de almas.

Nós, bokononistas, acreditamos que é impossível encostar a sola do pé na sola do pé de outra pessoa sem amá-la de verdade, desde que os pés de ambos estejam limpos e bem tratados.

A base para essa cerimônia dos pés está neste "Calipso":

> Vamos unir nossos pés, sim,
> Sim, por tudo que o gesto encerra,
> E vamos amar uns aos outros, sim,
> Sim, como amamos nossa Mãe Terra.

73

Peste bubônica

Quando voltei ao meu quarto, descobri que Philip Castle — mosaicista, historiador, autor de índices, sacana e dono de hotel — estava colocando um rolo de papel higiênico no meu banheiro.

— Muito obrigado — eu disse.

— De nada.

— Isso é o que eu chamo de tratamento especial. Quantos donos de hotel se preocupariam tanto com o conforto de um hóspede?

— Quantos donos de hotel têm apenas um hóspede?

— Você tinha três.

— Não tenho mais.

— Sabe, posso estar errado, mas acho difícil entender como uma pessoa como você, com tantos talentos e interesses, acabaria trabalhando no ramo de hotéis.

Ele franziu o cenho, surpreso:

— Não pareço tratar os hóspedes tão bem quanto deveria, não é mesmo?

— Conheci algumas pessoas da Escola de Hotelaria de Cornell e tenho a impressão de que teriam tratado os Crosby de maneira diferente.

Ele concordou com a cabeça, desconfortavelmente.

— Eu sei, eu sei. — Agitou os braços. — Sei lá por que construí este hotel. Deve ter algo a ver com minha própria vida, imagino. Uma forma de me ocupar, de não me sentir solitário. — Sacudiu a cabeça. — Ou eu me tornava um ermitão ou abria o hotel. Não tive muita escolha.

—Você não foi criado no hospital do seu pai?

— Isso mesmo. Eu e Mona crescemos lá.

— Bem, você não fica tentado a fazer com sua vida o que seu pai fez com a dele?

O jovem Castle sorriu languidamente, evitando uma resposta direta.

— É uma pessoa curiosa, o papai — ele disse. — Acho que você vai gostar dele.

— Espero que sim. Difícil achar alguém tão altruísta quanto ele.

— Uma vez — disse Castle —, quando eu tinha uns 15 anos, aconteceu um motim bem perto daqui, num navio grego que ia de Hong Kong a Havana carregado de móveis de vime. Os amotinados tomaram o navio, mas não sabiam como pilotá-lo, e bateram nas rochas perto do castelo de "Papa" Monzano. Todo mundo se afogou, menos os ratos. Os ratos e os móveis de vime chegaram em terra firme.

Parecia o fim da história, mas não dava para ter certeza.

— E então?

— Então algumas pessoas pegaram móveis de vime de graça, e algumas pegaram peste bubônica. No hospital do papai morreram 1400 pessoas em dez dias. Já viu alguém morrer de peste bubônica?

— Não tive esse desprazer.

— As axilas e as glândulas linfáticas na virilha incham e ficam maiores que uma toranja.

— Acredito em você.

— Depois da morte, o corpo fica preto, o que é redundante, no caso de San Lorenzo. Quando a praga estava no auge, a Casa da Esperança e da Misericórdia na Selva parecia Auschwitz ou Buchenwald. As pilhas de mortos eram tão grandes que até mesmo um trator quebrou tentando empurrá-los para uma vala comum. Papai trabalhou noite e dia sem parar para dormir e, assim como não conseguiu dormir, também não conseguiu salvar uma só vida.

A sinistra história de Castle foi interrompida pelo som do telefone do meu quarto tocando.

— Meu Deus — disse Castle —, eu nem sabia que os cabos dos telefones já estavam conectados.

Atendi.

— Alô?

Era o major-general Franklin Hoenikker. Ele me pareceu sem fôlego e nervoso.

— Ouça! Você precisa vir à minha casa imediatamente. Precisamos conversar! Pode ser que isso mude sua vida!

— Pode me dar uma pista do que se trata?

— Não pelo telefone, não pelo telefone. Venha à minha casa. Venha imediatamente, por favor!

— Tudo bem.

— Não estou de brincadeira. É algo realmente importante para sua vida. É a coisa mais importante da sua vida. — Ele desligou.

— Algum problema? — perguntou Castle.

— Não faço a menor ideia. Frank Hoenikker quer me ver imediatamente.

— Vá com calma. Relaxe. Ele é um idiota.

— Disse que era importante.

— Como ele sabe o que é importante? Consigo esculpir um homem melhor do que ele em uma banana.

— Bom, de qualquer forma, termine sua história.

— Onde eu estava?

— Na peste bubônica. O trator quebrou tentando empurrar a pilha de cadáveres.

— Ah, sim. Bom, em uma noite insone, fiquei com meu pai enquanto ele trabalhava. A única coisa que podíamos fazer era encontrar um paciente vivo para tratar. Mas só encontramos gente morta cama após cama. E então o papai começou a dar umas risadinhas — Castle continuou. — Não conseguia parar. Saiu do hospital com uma lanterna, ainda rindo. Apontou-a para toda aquela gente morta empilhada lá fora e fez a luz dançar sobre a pilha de cadáveres. Ele colocou a mão na minha cabeça e, sabe o que esse homem maravilhoso disse? — perguntou Castle.

— Não.

— "Filho", meu pai me disse, "um dia tudo isso será seu."

74

Cama de gato

Fui para a casa de Frank no único táxi de San Lorenzo.

Passamos pela cidade e vi cenas horríveis de pobreza. Subimos a encosta do Monte McCabe. O ar ficou mais fresco. Havia neblina.

A casa de Frank outrora havia sido a casa de Nestor Aamons, pai de Mona, arquiteto da Casa da Esperança e da Misericórdia na Selva.

Ele mesmo havia projetado e construído a casa.

Localizava-se no entorno de uma cachoeira. Tinha um terraço que se projetava para fora da névoa e acima da queda d'água. Era uma treliça feita de forma inteligente, com colunas e vigas de aço muito leves. A treliça tinha muitos vãos abertos, fendas incrustadas com pedras nativas, vidros ou cobertas com cortinas de lona.

O lugar dava mais a sensação de que esse arquiteto se manteve caprichosamente ocupado que preocupado em proteger algo.

Um criado recebeu-me educadamente e disse que Frank ainda não estava em casa, mas que chegaria a qualquer momento. Frank lhe ordenara para me deixar confortável e satisfeito e disse que eu deveria ficar para jantar à noite. O criado, que se apresentou como Stanley, era o primeiro san lorenzano gordo que eu via.

Stanley me mostrou onde era meu quarto. Passamos pelo centro da casa, descemos uma escadaria talhada em pedra, coberta por retângulos emoldurados em aço inseridos ao acaso, e que também mostrava algumas partes desprovidas de enfeite. Minha cama era uma prancha de espuma de borracha sobre uma prateleira de pedra. As paredes do quarto eram de lona. Stanley me mostrou como enrolá-las ou desenrolá-las conforme minha vontade.

Perguntei se havia mais alguém em casa, e ele disse que apenas Newt. Falou que Newt estava no terraço em balanço, pintando um quadro. Disse que Angela fora fazer turismo na Casa da Esperança e da Misericórdia na Selva.

Fui até o alto terraço que se projetava sobre a cachoeira, já sentindo vertigens, e encontrei o pequeno Newt dormindo em uma poltrona butterfly.

O quadro que ele pintava estava em um cavalete próximo à grade de alumínio. Tinha como plano de fundo uma paisagem enevoada composta por céu, mar e vale.

A pintura de Newt era pequena, preta e cheias de verrugas. Era basicamente um monte de rabiscos feitos num impasto preto e viscoso. Os rabiscos formavam uma espécie de teia de aranha, e fiquei pensando se não seriam as redes grudentas da futilidade humana postas para secar numa noite sem luar.

Não acordei o anão que havia pintado aquele quadro horrível. Acendi um cigarro e fiquei fumando, ouvindo vozes imaginárias no burburinho da água.

O que despertou Newt foi uma explosão distante, em algum lugar lá embaixo. O barulho repercutiu no vale e subiu em direção a Deus. Um canhão tinha sido disparado na costa de Bolivar, disse-me o mordomo de Frank. Todo dia às cinco da tarde eles disparavam um canhão.

O pequeno Newt se mexeu.

Ainda meio sonolento, passou as mãos cheias de tinta preta na boca e no queixo, deixando manchas negras onde elas encostaram. Esfregou os olhos e também deixou manchas negras em volta deles.

— Olá — disse, sonolento.

— Olá — respondi. — Gosto do seu quadro.

— Deu para entender o que ele representa?

— Imagino que cada pessoa veja algo diferente nele.

— É uma cama de gato.

— Arrá — eu disse. — Muito bom. Os rabiscos são os barbantes, certo?

— É um dos jogos mais antigos que existem, a cama de gato. Até mesmo os esquimós o conhecem.

— Não diga.

— Há mais de 100 mil anos, os adultos têm sacudido um barbante emaranhado diante do rosto das crianças.

— Hmm.

Newt continuou enroscado na cadeira. Suas mãos manchadas de tinta ficaram paradas no ar, como se abrigassem uma cama de gato.

— Não me admira que as crianças fiquem malucas. Uma cama de gato não passa de um monte de xis nas mãos de alguém, e as criancinhas olham e olham para esses xis...

— E?

— *Nada de gato, nada de cama.*

75

Minhas lembranças a Albert Schweitzer

Nesse momento, a irmã varapau de Newt, Angela Hoenikker Conners, entrou acompanhada por Julian Castle, pai de Philip e fundador da Casa da Esperança e da Misericórdia na Selva. Castle usava um folgado terno de linho branco e um barbante como cinto. Tinha um bigode ralo. Era careca e esquelético. Era um santo, pensei.

Ele se apresentou a mim e a Newt no terraço em balanço. Afastou qualquer associação a santos falando pelo canto da boca como aqueles gângsteres de cinema.

— Ouvi falar que o senhor foi seguidor de Albert Schweitzer — eu disse a ele.

— À distância… — Deu um sorriso de desdém, um sorriso de criminoso. — Nunca conheci esse senhor.

— Certamente ele deve conhecer seu trabalho, assim como o senhor conhece o dele.

— Talvez sim, talvez não. Você o conhece?

— Não.

— Espera conhecê-lo um dia?

— Talvez um dia.

— Bom — disse Julian Castle —, se cruzar com o dr. Schweitzer em suas viagens, pode lhe dizer que ele *não* é meu herói. — Ele acendeu um charuto comprido.

Depois de puxar bem a fumaça, apontou a brasa vermelha do charuto para mim.

— Pode lhe dizer que ele não é meu herói — ele disse —, mas também pode lhe dizer que, graças a ele, Jesus Cristo *é*.

— Acho que ele vai gostar de saber disso.

— Estou me lixando se ele vai gostar ou não. Isso é entre Jesus e eu.

76

Julian Castle e Newt concordam que nada faz sentido

Julian Castle e Angela se aproximaram da pintura de Newt. Castle fez um círculo com o dedo indicador e o polegar e observou o quadro por ele.

— O que você acha? — perguntei.

— É *preto*. O que representa... o inferno?

— Representa o que representar — disse Newt.

— Então é o inferno — rosnou Castle.

— Há um instante, Newt me disse que era uma cama de gato — eu disse.

— Informação privilegiada sempre ajuda — disse Castle.

— Não acho o quadro muito bonito — reclamou Angela. — Na verdade, acho que é feio, mas não sei nada de arte moderna. Às vezes penso que Newt deveria fazer aulas de pintura, para ter certeza de que sabe o que está fazendo.

— Você é autodidata? — Julian Castle perguntou a Newt.

— Não somos todos? — Newt indagou.

— Ótima resposta — disse Castle, respeitoso.

Assumi a missão de explicar o profundo significado da cama de gato, já que Newt não parecia inclinado a cantar e dançar novamente a mesma canção.

E então Castle assentiu, sabiamente.

— Ou seja, essa pintura representa a total falta de sentido! Não poderia estar mais de acordo com você.

—Você concorda *mesmo*? — perguntei. — Há um minuto você disse algo sobre Jesus.

— Quem? — disse Castle.

— Jesus Cristo.

— Ah — disse Castle. — *Ele*. — Encolheu os ombros. — As pessoas falam qualquer coisa só para manter funcionando as cordas vocais, assim elas estarão prontas para quando realmente tiverem algo significativo para falar.

— Entendo. — Eu sabia que não seria fácil escrever um artigo popular sobre ele. Teria de me concentrar em suas atitudes de santo e ignorar completamente as coisas satânicas que ele pensava e falava.

— Pode me citar — ele disse —: o homem é vil, não faz nada que valha a pena fazer, não sabe nada que valha a pena saber.

Ele curvou-se e apertou a mão suja de tinta do pequeno Newt.

— Certo?

Newt concordou com a cabeça, parecendo desconfiar momentaneamente que Castle havia exagerado um pouquinho naquele caso.

— Certo.

E então o santo marchou até a pintura de Newt e arrancou-a do cavalete. Sorriu radiante para nós.

— Lixo... como tudo na vida.

E atirou a pintura de cima do terraço. O quadro desceu deslizando, entrou numa corrente de ar, que o jogou para cima, perdeu velocidade, voltou como um bumerangue, e então caiu na cachoeira.

Não havia nada que o pequeno Newt pudesse dizer.

Angela falou primeiro.

— Seu rosto está todo sujo de tinta, querido. Vá limpar essa sujeira.

77

Aspirina e *boko-maru*

— Diga-me, doutor — eu disse a Julian Castle —, como está "Papa" Monzano?

— Como vou saber?

— Pensei que você estivesse tratando suas doenças.

— Não nos falamos... — Castle sorriu. — Na verdade, ele não fala comigo. A última coisa que me disse, e isso há uns três anos, foi que eu não ia para o gancho só por causa da minha cidadania americana.

— O que você fez para ofendê-lo? Você veio para cá e com seu próprio dinheiro criou um hospital gratuito para o povo...

— "Papa" não gosta da forma como trato meus pacientes — disse Castle —, especialmente os moribundos. Na Casa da Esperança e da Misericórdia na Selva, nós administramos os últimos ritos da fé bokononista para quem assim o desejar.

— Como são esses ritos?

— Muito simples. Começam com uma leitura responsiva. Quer tentar?

— Nesse momento não estou à beira da morte, se não se importa.

Ele me deu uma piscadela sinistra.

— Tem razão em ser cauteloso. As pessoas que recebem os últimos ritos acabam ficando sugestionadas e morrem em determinado momento da leitura. Porém, acho que dá para pular essa parte se não tocarmos nossos pés.

— Pés?

Ele me contou sobre a prática bokononista relacionada aos pés.

— Isso explica uma coisa que vi no hotel. — Contei a ele sobre os dois pintores no parapeito da janela.

— Sabe, funciona mesmo — ele disse. — As pessoas que praticam isso realmente se sentem melhor em relação a elas mesmas e ao mundo.

— Hum.

— *Boko-maru.*

— Como?

— É como chamam esse negócio que fazem com os pés — disse Castle. — Funciona. Sou muito grato às coisas que funcionam. Sabe, não tem muitas coisas que *funcionam* de verdade.

— Acho que não.

— Seria impossível manter funcionando esse meu hospital sem aspirinas e o *boko-maru*.

— Dá para concluir então — eu disse — que ainda existem vários bokononistas na ilha, apesar das leis, apesar do *ga-ahn-an-chuh*...

Ele deu risada.

—Você ainda não entendeu, não é mesmo?

— O quê?

— Todo mundo em San Lorenzo é um fiel praticante do bokononismo, apesar do *ga-ahn-an-chuh*.

78

Anel de aço

— Anos atrás, quando Bokonon e McCabe assumiram o controle deste país miserável — disse Julian Castle —, eles expulsaram os padres. E então Bokonon, de forma cínica e lúdica, inventou uma nova religião.

— Eu sei — eu disse.

— Bom, quando ficou evidente que nenhuma reforma governamental ou econômica tornaria o povo menos miserável, a religião tornou-se o único instrumento real de esperança. A verdade era inimiga do povo, afinal, a verdade era uma coisa tão terrível que Bokonon assumiu uma tarefa pessoal de alimentar as pessoas com mentiras cada vez melhores.

— Como ele se tornou um fora da lei?

— Ele mesmo teve essa ideia. Pediu a McCabe para tornar sua religião ilegal, e, logo, também torná-lo um fora da lei, a fim de dar mais paixão e sabor à vida espiritual das pessoas. Ele até escreveu um poema sobre isso.

Castle citou esse poema, que não aparece em *Os livros de Bokonon*:

> Então eu disse adeus ao governo,
> E esta foi a minha razão:
> Uma religião que se preza
> É uma forma de traição.

— Também foi Bokonon quem sugeriu o gancho como uma boa punição aos bokononistas — disse ele. — Ele tinha visto o gancho na Câmara dos Horrores do Museu de Cera Madame Tussaud. — Piscou morbidamente. — Isso também serviu para dar um sabor especial.

— Muita gente morreu no gancho?

— No começo não, no começo não. No começo, era tudo faz de conta. Fizeram circular habilmente rumores sobre as execuções, mas, de verdade, ninguém conhecia alguém que tivesse morrido dessa forma. McCabe se divertiu bastante fazendo ameaças sanguinolentas contra os bokononistas. Que era todo mundo.

Castle continuou:

— E Bokonon encontrou um esconderijo confortável na selva, onde escrevia e pregava o tempo todo e comia as coisas gostosas que seus discípulos lhe levavam. McCabe recrutou as pessoas desempregadas, que eram praticamente todo mundo, em grandes caçadas a Bokonon. A cada seis meses, McCabe anunciava triunfantemente que Bokonon tinha sido preso em um implacável anel de aço que não o deixaria escapar. E então os responsáveis por esse anel implacável tinham que dizer a McCabe, decepcionados e enfurecidos, que Bokonon fizera o impossível. Ele havia escapado, havia evaporado, havia sobrevivido mais um dia para pregar. Milagre!

79

Por que McCabe ficou desumano

— McCabe e Bokonon não conseguiram aumentar o que geralmente chamamos de "padrão de vida" — disse Castle. — A verdade é que a vida era curta, bruta e cruel, como sempre foi.

Ele continuou:

— Mas as pessoas não precisaram se ater a essa horrível verdade. Conforme crescia a fama do cruel tirano na cidade e do gentil homem santo na selva, também crescia a felicidade das pessoas. Elas estavam comprometidas em tempo integral como atores em uma peça que compreendiam, uma peça que qualquer ser humano em qualquer lugar poderia compreender e aplaudir.

— Ou seja, a vida tornou-se uma obra de arte. — Fiquei admirado.

— Sim. Só tinha um problema.

— Qual?

— As almas dos atores principais, McCabe e Bokonon, pagaram um preço alto pelo teatro que criaram. Quando jovens, eles tinham um temperamento muito parecido, os dois eram metade anjo, metade pirata. Mas o drama exigiu que a metade pirata de Bokonon e a metade anjo de McCabe desaparecessem.

E McCabe e Bokonon conheceram a agonia pela felicidade do povo: McCabe viveu a agonia do tirano e Bokonon, a agonia do santo. Para todos os efeitos práticos, ambos enlouqueceram.

Castle dobrou o dedo indicador da mão esquerda.

— Depois disso, as pessoas começaram a morrer de verdade no *ga-ahn-an-chuh*.

— Mas Bokonon nunca foi pego? — perguntei.

— McCabe ficou maluco, mas nunca a esse ponto. Ele nunca se esforçou seriamente em pegar Bokonon. Teria sido bem fácil fazer isso.

— Por que ele não o pegou?

— McCabe sempre foi são o bastante para perceber que, sem a guerra contra o homem santo, ele mesmo seria insignificante. "Papa" Monzano também sabe disso.

— As pessoas ainda morrem no gancho?

— É inevitável.

— Quero dizer — eu disse —, o "Papa" realmente mata as pessoas dessa forma?

— Ele mata uma pessoa a cada dois anos, só para manter a farsa funcionando, por assim dizer. — Castle suspirou, olhando para o céu noturno. — Gira, gira, gira.

— Como?

— É o que nós, bokononistas, dizemos — disse ele — quando percebemos o quão misteriosa a vida é.

— Você? — Eu estava admirado. — Você também é bokononista?

Ele me olhou firmemente.

— E você também. Vai descobrir em breve.

80

Os pescadores da cachoeira

Eu, Angela e Newt ficamos conversando com Julian Castle no terraço em balanço. Bebíamos coquetéis. Frank ainda não havia dado sinal de vida.

Aparentemente, Angela e Newt gostavam bastante de encher a cara. Castle me disse que seus dias de playboy haviam lhe custado um rim e que, agora, contra sua vontade, tinha que ficar só no refrigerante.

Angela, depois de virar alguns drinques, reclamou que o mundo havia sido injusto com seu pai:

— Ele deu tanto ao mundo, e lhe deram tão pouco.

Pedi que ela me desse exemplos da mesquinharia do mundo e recebi números precisos.

— A General Forge and Company pagou a ele um bônus de 45 dólares por cada patente das suas pesquisas — disse ela. — É o mesmo bônus de patente que pagam a qualquer um da empresa. — Ela sacudiu a cabeça, pesarosa. — 45 dólares... e imagine só a importância de algumas dessas patentes!

— Bom — eu disse —, suponho que ele também recebesse um salário.

— O máximo que ele recebeu foi 28 mil dólares por ano.
— Esse valor não é nada mau.
Ela ficou muito irritada.
—Você sabe quanto ganha uma estrela de cinema?
— Ganham muito dinheiro às vezes.
— Sabe que o dr. Breed ganhava 10 mil dólares por ano a mais do que papai?
— Isso é uma injustiça, com certeza.
— Estou cansada de injustiças.

Ela estava tão exaltada e estridente que mudei de assunto. Perguntei a Julian Castle o que ele achava que havia acontecido com o quadro de Newt, que ele arremessara na cachoeira.

— Tem uma pequena aldeia lá embaixo — ele me disse.
— Cinco ou dez barracos, eu diria. Foi lá que "Papa" Monzano nasceu, a propósito. A cachoeira termina em uma grande bacia de pedra.

Continuou:
— Os aldeãos prenderam uma rede de galinheiro esticada num dos encaixes da bacia. A água passa pelo encaixe até um riacho.
— E você acha que o quadro de Newt foi parar na rede? — perguntei.
— Este é um país pobre, caso não tenha notado — disse Castle. — Nada fica muito tempo na rede. Imagino que agora estejam secando o quadro de Newt no sol, junto com o toco de charuto que joguei. Mais de um metro de tela grudenta, quatro pernas quebradas do cavalete, algumas tachinhas também, e um charuto. Em suma, foi uma boa pescaria para algum pobre, pobre homem.
— Às vezes tenho vontade de gritar — disse Angela —, quando penso na ninharia que meu pai recebeu e no tanto que ele fez. — Ela estava à beira de uma crise de choro.
— Não chore — Newt pediu, gentilmente.

— Às vezes não consigo evitar — ela disse.

— Pegue seu clarinete — incentivou Newt —, sempre ajuda.

Primeiro achei essa ideia terrivelmente ridícula. Mas, depois, pela reação de Angela, percebi que ela levara a sério essa sugestão prática.

— Quando chego a este ponto — ela disse a Castle e a mim —, às vezes só isso me ajuda.

Mas ela era muito tímida para pegar o clarinete imediatamente. Tivemos de implorar para que ela tocasse, e somente após mais dois drinques ela concordou.

— Ela toca maravilhosamente bem — prometeu o pequeno Newt.

— Adoraria ouvi-la tocar — disse Castle.

— Tudo bem — disse Angela, por fim, corando, insegura. — Tudo bem, eu vou tocar.

Quando saiu para buscar o clarinete e não conseguia ouvir o que dizíamos, Newt pediu desculpas por ela:

— Ela tem passado por um momento difícil. Precisa descansar.

— Está doente? — perguntei.

— O marido a trata muito mal — disse Newt. Ele nos mostrou seu ódio pelo jovem e bem-apessoado cunhado, o extremamente bem-sucedido Harrison C. Conners, presidente da Fabri-Tek. — Ele quase nunca aparece em casa, e quando aparece está bêbado e geralmente coberto de batom.

— Achei que era um casamento muito feliz, pelo que ela falou — eu disse.

O pequeno Newt levantou as mãos e fez um espaço de uns quinze centímetros com os dedos:

— Está vendo o gato? Está vendo a cama?

81

Uma noiva branca para o filho de um carregador de bagagem

Eu não sabia o que sairia do clarinete de Angela. Ninguém poderia imaginar o que sairia de lá.

Esperava algo patológico, mas não esperava a profundidade, a violência e a beleza quase intolerável da doença.

Angela umedeceu e aqueceu o bocal do clarinete, mas não soprou nenhuma nota preliminar. Ficou com um olhar vidrado e então seus longos dedos ossudos passearam idilicamente pelas claves silenciosas do instrumento.

Eu esperava ansiosamente, lembrando do que Marvin Breed havia dito — que o único escape da vida deprimente que Angela levava com o pai era se trancar no quarto e tocar clarinete, acompanhada de discos na vitrola.

Newt foi até o quarto do terraço e colocou um disco de vinil em uma imensa vitrola que lá havia. Voltou com a capa, que entregou a mim.

O disco se chamava *Cat House Piano*. Era um álbum com solos de piano de Meade Lux Lewis.

Angela, a fim de aprofundar seu transe, deixou Lewis tocar sozinho sua primeira música, então aproveitei para ler um pouco do que a capa do disco dizia sobre ele:

> Nascido em 1905 em Louisville, Kentucky, o sr. Lewis só descobriu a música no seu aniversário de 16 anos, quando o pai lhe deu de presente um violino. Um ano mais tarde, o jovem Lewis teve a chance de escutar Jimmy Yancey tocar piano. "Isso", relembra Lewis, "era o que eu queria tocar." Logo, Lewis aprendia a tocar piano sozinho, no estilo *boogie-woogie*, absorvendo tudo o que podia do velho Yancey, considerado até sua morte um amigo próximo e grande ídolo do sr. Lewis. Como o pai era carregador de bagagens, a família Lewis morava perto da ferrovia. O ritmo dos trens logo tornou-se um padrão natural para o jovem Lewis e ele compôs o solo *boogie-woogie,* que conhecemos como "Honky Tonk Train Blues", hoje um clássico do gênero.

Tirei os olhos da capa. A primeira música do disco já havia acabado. A agulha da vitrola arranhava, abrindo o lento caminho até a música seguinte. Vi na capa do disco que a segunda faixa era "Dragon Blues".

Meade Lux Lewis tocou sozinho quatro faixas — e então Angela Hoenikker se juntou a ele.

Estava de olhos fechados.

Fiquei boquiaberto.

Ela era maravilhosa.

Angela improvisava em cima da música do filho do carregador de bagagens. Ia de um lirismo fluido a uma luxúria bruta, da urgência estridente de uma criança assustada a um pesadelo de um viciado em heroína.

Seus *glissandi* falavam de céu e inferno e de tudo o que havia no meio deles.

Uma música tão poderosa, vinda de uma mulher como Angela, só podia ser um caso de esquizofrenia ou de possessão demoníaca.

Fiquei de cabelo em pé, como se Angela estivesse rolando no chão, espumando pela boca e balbuciando fluentemente em babilônio.

Quando a música acabou, exclamei em voz alta para Julian Castle, que também estava maravilhado:

— Meus Deus, a vida! Quem pode entender uma fração dela?

— Nem tente — disse ele. — Apenas finja que entende.

— Esse... esse é um conselho muito bom. — Eu estava com as pernas bambas.

Castle citou outro poema:

> O tigre vai morder,
> O pássaro, voar,
> O homem vai dizer: por que, por que, por quê?
> O tigre vai roncar,
> O pássaro, descansar,
> "Entendo tudo", é o que o homem vai falar.

— De onde veio esse poema? — perguntei.

— E de que outro lugar, senão de *Os livros de Bokonon*?

— Eu adoraria dar uma olhada numa cópia desse livro.

— É difícil achar uma cópia — disse Castle. — Elas não foram impressas. Foram copiadas à mão. E, é claro, não existe uma cópia completa, já que Bokonon todo dia adiciona mais coisas.

O pequeno Newt bufou:

— Religião!

— Perdão? — disse Castle.

— Está vendo o gato? Está vendo a cama? — perguntou Newt.

82

Zah-mah-ki-bo

O major-general Franklin Hoenikker não apareceu para o jantar.

Ele telefonou e insistiu em falar comigo, apenas comigo e com ninguém mais. Contou-me que estava de vigília na cama de "Papa", e que "Papa" estava à beira da morte, com muita dor. Frank pareceu-me assustado e solitário.

— Olha — eu disse —, que tal se eu voltar ao meu hotel e nos encontrarmos mais tarde, quando essa crise tiver acabado?

— Não, não, não. Fique onde está! Quero que fique num lugar onde eu consiga encontrá-lo imediatamente! — Ele estava em pânico, morrendo de medo de que eu sumisse da sua vista. E já que eu não conseguia entender o seu interesse por mim, comecei a entrar em pânico também.

— Pode me dar uma ideia do motivo pelo qual deseja me ver? — perguntei.

— Não pelo telefone.

— É algo sobre seu pai?

— É algo sobre *você*.

— Algo que eu fiz?

— Algo que você *vai* fazer.

Ouvi o cacarejar de uma galinha no fundo da ligação. Ouvi uma porta abrindo, e o som de xilofone saindo de uma sala. A música era, novamente, "When Day is Done". E depois a porta se fechou, e não pude mais ouvi-la.

— Eu ficaria muito grato se você me desse pelo menos uma pequena dica do que espera que eu faça, para que eu possa, sei lá, me preparar — eu disse.

— *Zah-mah-ki-bo.*

— O quê?

— É uma palavra bokononista.

— Não conheço nenhuma palavra bokononista.

— Julian Castle está aí?

— Sim.

— Pergunte a ele — disse Frank. — Preciso ir agora. — Ele desligou.

Fui perguntar a Julian Castle o que *zah-mah-ki-bo* significava.

—Você quer uma resposta simples ou uma resposta completa?

—Vamos começar com a simples.

— Destino, destino inevitável.

83

O dr. Schlichter von Koenigswald chega ao ponto de equilíbrio

— Câncer — disse Julian Castle, quando lhe contei que "Papa" estava sofrendo, à beira da morte.

— Câncer de que?

— Câncer de tudo, praticamente. Disse que ele desmaiou no palanque hoje, não é mesmo?

— E como desmaiou — disse Angela.

— Foi o efeito dos remédios — declarou Castle. — Ele chegou ao ponto em que os remédios e a dor atingem um equilíbrio. Mais remédios o matariam.

— Acho que eu me mataria — murmurou Newt. Estava sentado numa espécie de cadeira alta dobrável que levava com ele quando ia visitar alguém. Era feita com tubos de alumínio e lona. — Melhor do que sentar em um dicionário, um atlas e uma lista telefônica — disse ele, enquanto montava a cadeira.

— Foi o que fez o cabo McCabe, é claro — disse Castle. — Ele declarou o mordomo como seu sucessor e atirou em si mesmo.

— Câncer, também?

— Não dá para saber ao certo, mas duvido. Essa vilania não aplacada acabou com ele, esse é meu palpite. Isso aconteceu bem antes de eu vir para cá.

— Esta é certamente uma conversa alegre — disse Angela.

— Acho que todo mundo concorda que vivemos tempos alegres — disse Castle.

— Bom — eu disse a ele —, acho que o senhor tem mais motivos para ser alegre do que a maioria das pessoas, fazendo o que você faz da sua vida.

— Sabe, eu já tive um iate também.

— Como assim?

— Ter um iate também é um bom motivo para ser mais alegre do que a maioria das pessoas.

— Se você não é o médico do "Papa" — eu disse —, então quem é?

— Um médico da minha equipe, o dr. Schlichter von Koenigswald.

— Alemão?

— Vagamente. Ele fez parte da SS por quatorze anos. Foi médico de campo de Auschwitz por seis anos, naquele tempo.

— Ele está fazendo penitência na Casa da Esperança e da Misericórdia?

— Sim — disse Castle —, e fazendo grandes progressos também, salvando vidas de todos os lados.

— Bom para ele.

— Sim. Se ele continuar no ritmo atual, trabalhando dia e noite, o número de pessoas que terá salvado se igualará ao número de pessoas que ele deixou morrer... no ano 3010.

E aí está outro membro do meu *karass*: o dr. Schlichter von Koenigswald.

84

Apagão

Três horas após o jantar, Frank ainda não havia voltado para casa. Julian Castle pediu licença e voltou para a Casa da Esperança e da Misericórdia na Selva.

Angela, Newt e eu nos sentamos no terraço em balanço. Abaixo de nós, as luzes de Bolivar brilhavam, lindas de se ver. Havia uma grande cruz iluminada no topo do prédio da administração do Aeroporto Monzano. Era movida a motor e trabalhava devagar, embalando o compasso com piedade elétrica.

Também havia outros lugares iluminados na ilha, ao norte de onde estávamos. As montanhas impediam que conseguíssemos vê-los diretamente, mas dava para ver no céu os balões de luz. Pedi a Stanley, mordomo de Frank, que me mostrasse o que eram essas auroras.

Ele apontou para elas, no sentido anti-horário: Casa da Esperança e da Misericórdia na Selva, palácio do "Papa" e Forte Jesus.

— Forte Jesus?

— O campo de treinamento dos nossos soldados.

— Com o nome de Jesus?

— Claro. Por que não?

Havia um novo balão de luz crescendo rapidamente ao norte. Antes que eu pudesse perguntar o que era, revelou-se que eram faróis dianteiros subindo a montanha. Os faróis vinham em nossa direção. Eram as luzes de um comboio.

O comboio era composto por cinco caminhões do exército san lorenzano fabricados nos Estados Unidos. Soldados com metralhadoras se equilibravam em cima das cabines dos caminhões.

O comboio parou na entrada da garagem de Frank. Os soldados desceram ao mesmo tempo. Começaram a cavoucar no chão, cavando trincheiras e buracos de metralhadoras. Eu e o mordomo de Frank saímos para perguntar ao oficial em comando o que estava acontecendo.

— Temos ordens de proteger o próximo presidente de San Lorenzo — disse o oficial no dialeto da ilha.

— Ele não está aqui agora — informei a ele.

— Não sei nada sobre isso — ele disse. — Minhas ordens são para fincar o pé aqui. É tudo que sei.

Eu disse a Angela e Newt o que estava acontecendo.

—Você acha que o perigo é real? — Angela me perguntou.

— Não sei, sou um estranho aqui — eu disse.

Nesse momento, a energia caiu. Todas as luzes elétricas de San Lorenzo apagaram-se.

85

Um monte de *fomas*

Os criados de Frank trouxeram-nos lampiões e contaram que os apagões eram comuns em San Lorenzo, que não havia motivo para preocupação. Percebi, inquieto, que seria duro para mim deixar de lado a preocupação que sentia, desde que Frank mencionara meu *zah-mah-ki-bo*.

Eu sentia que meu livre-arbítrio era tão irrelevante quanto o livre-arbítrio de um porquinho em um abatedouro em Chicago.

Lembrei-me novamente do anjo de pedra em Ilium.

Fiquei escutando o barulho dos soldados trabalhando lá fora — conversavam, recebiam ordens, mexiam nas coisas.

Não conseguia me concentrar na conversa de Angela e Newt, apesar de eles terem enveredado por um tema bem interessante. Contaram-me que seu pai tinha um irmão gêmeo idêntico que eles nunca conheceram. Seu nome era Rudolph. A última notícia que tiveram dele era que fabricava caixinhas de música em Zurique, na Suíça.

— Papai quase nunca o mencionava — disse Angela.

— Papai quase nunca mencionava ninguém — declarou Newt.

Eles me contaram que o velho também tinha uma irmã. Seu nome era Celia. Era criadora de schnauzers gigantes em Shelter Island, Nova York.

— Ela sempre nos manda um cartão de Natal — disse Angela.

— Com a foto de um schnauzer gigante — disse Newt.

— É engraçado ver como as pessoas são diferentes, mesmo sendo da mesma família — Angela observou.

— Isso é verdade; muito bem colocado — concordei. Pedi licença para deixar aquela excelente companhia e perguntei a Stanley, o mordomo, se por acaso havia na casa uma cópia de *Os livros de Bokonon*.

Stanley fingiu que não sabia do que eu estava falando. E então resmungou que *Os livros de Bokonon* eram puro lixo. Depois disse que qualquer um que lesse aquilo deveria morrer no gancho. E por fim trouxe-me uma cópia do livro, que pegou na mesinha de cabeceira de Frank.

Era um livro grosso, quase do tamanho de um dicionário grande. Tinha sido escrito à mão. Levei-o comigo até meu quarto, até minha prancha de borracha deitada na pedra.

Não havia índice, então foi inútil procurar as implicações do *zah-mah-ki-bo*. Na verdade, a noite inteira foi inútil, não consegui encontrar nada do que queria.

Aprendi algumas coisas, mas nada que ajudasse muito. Por exemplo, li sobre a cosmogonia bokononista, na qual *Borarisi*, o Sol, tomou em seus braços *Pabu*, a Lua, na esperança de que ela lhe desse um filho flamejante.

Mas *Pabu* deu à luz somente filhos frios, que não queimavam; e *Borarisi* os jogou fora, com desgosto. Estes eram os planetas, que giravam em torno do pai a uma distância segura.

E então a pobre *Pabu* também foi rejeitada e foi morar com sua filha favorita, a Terra. A filha favorita de *Pabu* era a Terra porque havia gente morando nela; e essa gente olhava para cima e simpatizava com *Pabu*, a amava.

E o que Bokonon achava de sua própria cosmogonia?

"*Fomas*! Mentiras!", ele escreveu. "Um monte de *fomas*!"

86

Duas garrafinhas

É difícil acreditar que acabei dormindo, mas devo ter pegado no sono — senão, de que outra maneira teria acordado com uma série de estrondos e luzes?

Rolei para fora da cama ao primeiro estrondo e corri para o centro da casa com a euforia insensata de um bombeiro voluntário.

Me vi correndo rapidamente ao lado de Angela e Newt, que também haviam pulado da cama.

Paramos de repente, analisando timidamente os sons do pesadelo à nossa volta. Descobrimos que vinham de um rádio, de uma máquina de lavar louça e de uma bomba hidráulica — objetos que haviam voltado à vida com o retorno da energia elétrica.

Nós três estávamos bem acordados para perceber o humor da situação, para ver que tínhamos reagido de um jeito muito humano e engraçado a uma situação que parecia mortal, mas não era. E, para demonstrar meu domínio sobre meu destino ilusório, desliguei o rádio.

Demos risada.

E olhamos uns para os outros, competindo para ver quem seria o melhor observador da natureza humana, quem tinha o senso de humor mais afiado.

Newt foi mais rápido. Ele apontou para mim, mostrando que eu tinha em mãos meu passaporte, minha carteira e meu relógio de pulso. Eu não fazia a menor ideia de que havia pegado essas coisas diante da morte — não sabia que havia pegado qualquer coisa.

Respondi à altura e perguntei, divertido, por que Angela e Newt carregavam garrafinhas térmicas, idênticas garrafinhas térmicas vermelhas e cinza, capazes de encher apenas umas três xícaras de café.

Isso foi novidade para eles. Não faziam ideia de que seguravam as garrafas. Ficaram chocados ao vê-las em suas mãos.

Foram poupados de ter de responder por mais estrondos lá fora. Eu precisava descobrir imediatamente o que era aquele barulho e, com uma coragem tão injustificada quanto meu pânico de antes, fui investigar. Descobri que Frank Hoenikker estava mexendo em um gerador colocado sobre um caminhão.

O gerador era a nova fonte da nossa eletricidade. O motor que o fazia funcionar, movido a gasolina, falhava e soltava fumaça. Frank estava tentando consertá-lo.

A celestial Mona estava com ele. Ela observava o que ele fazia com seriedade, como sempre.

— Cara, tenho novidades para você! — ele gritou para mim e andou em direção à casa.

Angela e Newt ainda estavam na sala de estar, mas de alguma forma haviam se livrado das esquisitas garrafinhas térmicas.

Essas garrafas continham, é claro, partes do legado do dr. Felix Hoenikker, partes do *wampeter* do meu *karass*, lascas de *gelo-nove*.

Frank me levou para um canto:

— O quão acordado você está?

— Mais acordado do que nunca.

— Espero que você esteja mesmo bem acordado, porque precisamos conversar imediatamente.

— Pode começar a falar.

—Vamos até um lugar com mais privacidade. — Frank disse a Mona para ficar à vontade. — Chamaremos você se sua presença for necessária.

Olhei ternamente para Mona, pensando que jamais havia precisado de alguém tanto quanto precisava dela.

87

O meu estilo

Sobre Franklin Hoenikker — o garoto de rosto magro falava com o tom de voz e a convicção de um kazoo. Ouvi dizer que alguns homens do exército só falavam groselha. Esse era o caso do general Hoenikker. Pobre Frank. Era quase incompetente no trato social, tendo passado uma infância furtiva como Agente Secreto X-9.

Agora ele tentava ser cordial e persuasivo comigo, dizendo coisinhas agradáveis como: "Gosto do seu estilo!" e "Quero falar sem rodeios com você, de homem para homem!".

Levou-me até o lugar que chamava de seu "esconderijo", para que pudéssemos "... dar nome aos bois e deixar tudo rolar naturalmente".

Descemos degraus talhados em um penhasco e chegamos a uma caverna natural que ficava ao mesmo tempo debaixo e atrás da cachoeira. Lá havia algumas mesas de desenho, três cadeiras escandinavas, brancas e finas, e uma estante com livros de arquitetura em vários idiomas: alemão, francês, finlandês, italiano, inglês.

Tudo estava iluminado por lâmpadas que pulsavam com o arfar do gerador.

A coisa mais admirável naquela caverna estava nas paredes: pinturas feitas com uma ousadia infantil, com uma argila grossa, terra e cores de carvão semelhantes às dos homens dos primórdios dos tempos. Não precisei perguntar a Frank o quão antigas eram aquelas pinturas. Consegui datá-las de acordo com os temas tratados. Não eram pinturas de mamutes, tigres-dentes-de-sabre ou de ursos itifálicos em tocas.

As pinturas mostravam várias facetas de Mona Aamons Monzano — a garotinha.

— Era... era aqui que o pai de Mona trabalhava? — perguntei.

— Isso mesmo. Ele foi o finlandês que projetou a Casa da Esperança e da Misericórdia na Selva.

— Eu sei.

— Mas não foi por isso que eu o trouxe aqui embaixo.

— Tem algo a ver com seu pai?

— Tem a ver com *você*. — Frank pôs a mão em meu ombro e olhou-me nos olhos. O efeito era perturbador. Frank queria inspirar camaradagem, mas seu rosto só me trazia à mente a imagem de uma coruja minúscula e bizarra, empoleirada num poste branco, cega pela luz.

— Talvez seja melhor ir direto ao assunto.

— Não faz sentido ficar enrolando — ele disse. — Ouso dizer que sou ótimo em julgar o caráter das pessoas, e gosto do seu estilo.

— Obrigado.

— Acho que nós dois podemos nos dar muito bem.

— Tenho certeza disso.

— Temos coisas que se encaixam.

Fiquei grato quando ele tirou a mão do meu ombro. Ele entrelaçou os dedos como se fossem dentes de uma engrenagem.

Imagino que uma mão representava ele mesmo e a outra, a minha pessoa.

— Precisamos um do outro. — Frank sacudiu os dedos entrelaçados para mostrar como as engrenagens funcionavam.

Fiquei em silêncio por um tempo, embora mantivesse uma atitude amigável.

— Entende o que quero dizer? — perguntou Frank, por fim.

— Você e eu... nós vamos *fazer* algo juntos?

— Isso mesmo! — Frank bateu palmas. — Você é um homem mundano, habituado a falar em público, e eu sou uma pessoa mais técnica, habituado a trabalhar nos bastidores, fazendo as coisas acontecerem.

— Como você pode saber que tipo de pessoa eu sou? Acabamos de nos conhecer.

— Suas roupas, o jeito como você fala. — Ele pôs a mão no meu ombro de novo. — Gosto do seu estilo.

— Já disse isso.

Frank estava doido para que eu acompanhasse seu pensamento, queria que eu ficasse empolgado como ele, mas eu ainda estava perdido.

— Devo presumir que... que você está me oferecendo uma espécie de emprego aqui, aqui em San Lorenzo?

Ele bateu palmas. Estava deliciado.

— Isso mesmo! O que me diz de 100 mil dólares por ano?

— Minha nossa! — gritei. — O que eu preciso fazer para ganhar todo esse dinheiro?

— Praticamente nada. E você poderia beber em cálices de ouro toda noite, comer em pratos de ouro e ter um palácio todinho seu.

— Qual é o emprego?

— Presidente da República de San Lorenzo.

88

Por que Frank não podia ser presidente

— Eu? Presidente? — engasguei.

— E tem mais alguém aqui?

— Loucura!

— Não diga não até pensar com calma no assunto. — Frank me observava, ansioso.

— Não!

—Você nem ao menos pensou no assunto.

— Pensei o bastante para saber que é loucura!

Frank entrelaçou os dedos de novo.

—Vamos trabalhar *juntos*. Estarei do seu lado o tempo todo.

— Bom. Então se alguém me apagar na sua frente, você também vai junto.

— Apagar?

— Matar! Assassinar!

Frank estava confuso:

— Por que alguém tentaria te matar?

— Para ser o próximo presidente.

Frank sacudiu a cabeça.

— Ninguém em San Lorenzo *quer* ser presidente — ele me prometeu. — É contra a religião dos san lorenzanos.

— É contra a *sua* religião também? Pensei que *você* seria o próximo presidente.

— Eu... — ele disse, e achou difícil continuar. Parecia apavorado.

—Você o quê? — perguntei.

Ele encarou o lençol de água que fazia as vezes de cortina para a caverna.

— Imagino que maturidade — ele me disse — é saber as suas limitações.

Não estava muito longe da definição de maturidade de Bokonon. "Maturidade", diz Bokonon, "é uma grande decepção para a qual não há remédio, a menos que se possa dizer que uma risada resolva qualquer coisa."

— Sei que tenho limitações — Frank continuou. — As mesmas limitações que meu pai tinha.

— É mesmo?

—Tenho muitas ideias boas, assim como meu pai — Frank disse, observando a cachoeira —, mas ele não era bom em enfrentar o público, assim como eu.

89

Duffle

— Aceita o emprego? — Frank perguntou ansiosamente.
— Não — eu disse a ele.
— Conhece alguém que *possa* querer o emprego? — Frank estava dando um clássico exemplo do que Bokonon chama de *duffle*. De acordo com o bokononismo, *duffle* é o destino de milhares e milhares de pessoas nas mãos de um *stuppa*. Um *stuppa* é uma criança confusa.
Dei risada.
— Eu disse algo engraçado?
— Não ligue para minha risada — implorei a ele —, sou um notório pervertido nesse sentido.
— Está rindo de mim?
Sacudi a cabeça.
— Não.
— Palavra de honra?
— Palavra de honra.
— As pessoas sempre tiravam sarro de mim.
— Deve ser imaginação sua.
— Gritavam coisas para mim. Não imaginei *nada*.

— Às vezes, as pessoas são desagradáveis sem querer — sugeri. Mas não daria minha palavra de honra quanto a isso.

— Sabe o que gritavam para mim?

— Não.

— Eles gritavam: "Ei, X-9, aonde vai você?"

— Isso não parece tão ruim.

— Chamavam-me assim — disse Frank, mal-humorado, em sua reminiscência —, Agente Secreto X-9.

Eu não disse a ele que já sabia disso.

— Aonde vai você, X-9? — Frank repetiu.

Imaginei como eram os torturadores de Frank, onde o Destino os tinha colocado e por onde andavam agora. Os engraçadinhos que perturbavam Frank certamente estavam bem instalados em empregos piores do que a morte, empregos na General Forge and Foundry, na Companhia de Energia e Luz de Ilium, na Companhia Telefônica...

E, por Deus, lá estava o Agente Secreto X-9, um major-general me oferecendo um trono de rei... em uma caverna cuja cortina era uma cachoeira tropical.

— Eles ficariam bem surpresos se eu parasse para falar aonde estava indo.

— Quer dizer que você teve uma espécie de premonição de que acabaria aqui? — Era uma pergunta bokononista.

— Eu sempre ia à Loja de Miniaturas do Jack — disse ele, cortando o mistério.

— Ah.

— Todo mundo sabia que eu frequentava a loja, mas não sabiam o que realmente acontecia lá dentro. Teriam ficado bem surpresos, especialmente as meninas, se soubessem o que *realmente* acontecia. As meninas achavam que eu não sabia nada sobre mulheres.

— O que *realmente* acontecia lá?

— Eu trepava com a mulher de Jack todos os dias. Por isso vivia dormindo no colégio. Por isso nunca atingi todo o meu potencial.

Ele despertou dessa sórdida lembrança.

— Vamos lá, seja o presidente de San Lorenzo. Com a sua personalidade, você será um ótimo presidente. Por favor!

90

Só tem um ardil

E aquela hora da noite, a caverna e a cachoeira — e o anjo de pedra de Ilium...

E 250 mil cigarros e 3 mil litros de birita, e duas esposas e nenhuma esposa...

E nenhum amor esperando por mim em algum lugar...

E a vida apática de um escrevinhador de aluguel...

E *Pabu*, a Lua, e *Borarisi*, o Sol, e seus filhos...

Tudo isso conspirou para formar um *vin-dit* cósmico, um poderoso empurrão em direção ao bokononismo, em direção à crença de que Deus dirigia minha vida e de que eu tinha trabalho a fazer, trabalho que Ele me dera.

E, internamente, eu *saroonei*, nas palavras bokononistas, isto é, eu concordei com as supostas exigências do meu *vin-dit*.

Internamente, concordei em ser o próximo presidente de San Lorenzo.

Externamente, ainda estava desconfiado, cauteloso.

— Deve haver algum ardil — hesitei.

— Não há nenhum.

—Vai haver uma eleição?

— Nunca houve uma. Nós só anunciamos quem é o próximo presidente.

— E ninguém vai contestar?

— Ninguém contesta nada. Não estão interessados. Não se importam.

— Mas *deve* haver um ardil!

— Bom, há um — Frank admitiu.

— Eu sabia! — Me encolhi, com medo do meu *vin-dit*. — E qual é? Qual é o ardil?

— Bem, não é realmente um ardil, já que você não é obrigado a fazer isso se não quiser. No entanto, acho que *seria* uma boa ideia fazê-lo.

— Vamos ouvir essa grande ideia.

— Se decidir ser o presidente de San Lorenzo, acho que deveria se casar com Mona. Mas não precisa fazer isso, se não quiser. Você que manda.

— Ela *se casaria* comigo?

— Se estava disposta a se casar comigo, ela se casará com você. Tudo o que tem de fazer é perguntar a ela.

— Por que ela diria sim?

— Foi previsto em *Os livros de Bokonon* que ela se casará com o próximo presidente de San Lorenzo — disse Frank.

91

Mona

Frank trouxe Mona até a caverna do seu pai e nos deixou sozinhos. Ficamos em silêncio no começo. Eu estava tímido. O vestido dela era diáfano. O vestido dela era azul-celeste. Era um vestido simples, preso ligeiramente na cintura por uma tira de gaze. O resto era modelado pela própria Mona. Seus seios eram romãs, ou o que você mais desejasse, mas, principalmente, eram os seios de uma jovem mulher.

Mona estava praticamente descalça. Suas unhas do pé tinham sido delicadamente manicuradas. Suas leves sandálias eram douradas.

— Muito... muito prazer — disse. Meu coração batia forte. Minhas orelhas ferviam com o sangue acumulado.

— É impossível cometer um engano — ela me garantiu.

Eu não sabia que esse era um cumprimento rotineiro com que os bokononistas presenteavam uma pessoa tímida. Então, respondi com uma discussão febril sobre se era possível ou não cometer um engano.

— Meu Deus, não faz ideia de quantos enganos eu já cometi. Você está olhando para o campeão mundial dos enganos

— vomitei essas bobagens, e assim por diante. — Você sabe o que Frank me falou?

— *Sobre mim?*

— Sobre tudo, mas *especialmente* sobre você.

— Ele disse que eu seria sua, se você quisesse.

— Sim.

— É verdade.

— Eu, eu, eu...

— Sim?

— Não sei o que dizer agora.

— Um *boko-maru* ajudaria — ela sugeriu.

— O que?

— Tire os sapatos — ordenou. E ela tirou suas sandálias com uma graça infinita.

Sou um homem do mundo e, pelas minhas contas, já dormi com mais de 53 mulheres. Posso dizer que já vi mulheres tirarem a roupa de todas as formas possíveis. Já vi as cortinas se abrirem em todas as variações do ato final.

Mesmo assim, a única mulher que me fez gemer involuntariamente não fez mais do que tirar as sandálias.

Tentei desfazer o nó do meu cadarço. Não havia noivo mais desajeitado do que eu. Consegui tirar um pé do sapato, mas o outro continuava com os cadarços amarrados. Enfiei o dedão no laço, e finalmente consegui arrancar o sapato, mas sem desfazer o nó.

Depois, tirei as meias.

Mona já estava sentada no chão, de olhos fechados, com as pernas estendidas, os braços elegantes atrás do corpo, dando apoio, e a cabeça inclinada para trás.

Agora era comigo, eu ia praticar meu primeiro — meu primeiro —, meu primeiro, Deus meu...

Boko-maru.

92

Celebração do poeta sobre seu primeiro *boko-maru*

As palavras abaixo não são de Bokonon. São minhas.

Doce aparição,
Névoa invisível de...
Eu sou...
Minha alma...
Aparição, há muito tempo perdida de amor,
Há muito tempo sozinha,
Encontraria uma outra doce alma?
Por muito tempo eu
Disse a ti, enfermo,
Onde duas almas,
Poderiam se encontrar.
Meus pés, meus pés!
Minha alma, minha alma,
Venha,
Doce alma,
Seja beijada.
Mmmmmmm.

93

Como quase perdi minha Mona

— Acha mais fácil falar comigo agora? — Mona perguntou.
— Como se a conhecesse há milhares de anos — confessei. Sentia vontade de chorar. — Eu amo você, Mona.
— E eu amo você — ela disse simplesmente.
— Frank é um idiota!
— Como?
— Em desistir de você.
— Ele não me ama. Ia se casar comigo para fazer a vontade do "Papa". Ele ama outra pessoa.
— Quem?
— Uma mulher que conheceu em Ilium.

A mulher de sorte devia ser a esposa de Jack, dono da Loja de Miniaturas.

— Ele disse isso a você?
— Esta noite, quando falou que eu estava livre para casar com você.
— Mona?
— Sim?
— Tem... tem mais alguém em sua vida?

Ela ficou perplexa.

— Muitos — disse, por fim.

— Muitos que você *ama*?

— Eu amo todo mundo.

—Tanto... tanto quanto me ama?

— Sim. — Ela parecia não fazer a menor ideia de que isso poderia me incomodar.

Levantei-me do chão, sentei em uma cadeira e comecei a calçar minhas meias e meus sapatos.

— Você faz isso... isso que acabamos de fazer... com... com outras pessoas?

— *Boko-maru*?

— *Boko-maru*.

— É claro que sim.

— Pois de agora em diante não quero que faça isso com mais ninguém, a não ser comigo — declarei.

Seus olhos se encheram de lágrimas. Ela adorava aquela promiscuidade; ficou irritada com minha tentativa de fazê-la se envergonhar disso.

— Eu faço as pessoas felizes. O amor é bom, não é algo mau.

— Como seu marido, quero todo o seu amor para mim.

Ela olhou para mim de olhos arregalados.

— Um *sin-wat*!

— O que é isso?

— Um *sin-wat*! — ela gritou. — Um homem que quer para si todo o amor de alguém. Isso é muito ruim.

— Para o casamento, acho que é uma coisa muito boa. É a única coisa que importa.

Ela ainda estava sentada no chão, e eu, com meus sapatos e meias já nos pés, estava de pé. Senti-me muito alto, embora não seja muito alto; senti-me muito forte, embora não seja muito forte;

e minha voz soou estranha a meus ouvidos. Minha voz tinha uma autoridade metálica que eu desconhecia.

Enquanto eu prosseguia, martelando as palavras, comecei a entender o que estava acontecendo, o que acabara de acontecer. Eu estava começando a governar.

Disse a Mona que a tinha visto fazer uma espécie de *boko--maru* vertical com um piloto no palanque, pouco tempo após minha chegada no país.

— Você não deve mais vê-lo, nem ter nada com ele — disse a ela. — Qual era o nome dele?

— Eu nem sei o nome dele — sussurrou. Agora ela parecia deprimida.

— E o que me diz do jovem Philip Castle?

— Você se refere a *boko-maru*?

— Estou me referindo a toda e qualquer coisa. Soube que vocês dois cresceram juntos.

— Sim.

— Bokonon foi tutor de ambos?

— Sim. — A lembrança a deixou radiante de novo.

— Imagino que naquela época vocês vivessem *boku-mareando*.

— Ah, sim! — ela disse alegremente.

— Você também não deve mais vê-lo. Entendido?

— Não.

— Não?

— Não vou me casar com um *sin-wat*. — Ela se levantou. — Adeus.

— Adeus? — Eu estava arrasado.

— Bokonon diz que é muito errado não amar a todos exatamente da mesma forma. O que a *sua* religião diz?

— Eu... eu não tenho uma religião.

— Pois eu *tenho*.

Eu já havia parado de governar.

— Estou vendo — eu disse.

— Adeus, homem sem religião — ela disse, e começou a subir os degraus de pedra.

— Mona...

Ela parou.

— Sim?

— Posso abraçar sua religião, se eu quiser?

— Claro.

— Pois eu quero.

— Que bom. Eu amo você.

— E eu amo você — suspirei.

94

A montanha mais alta

Foi assim que, numa madrugada, fiquei noivo da mulher mais linda do mundo. E concordei em tornar-me o próximo presidente de San Lorenzo.

"Papa" ainda não havia morrido, e Frank achava que eu devia pedir a bênção dele, se possível. Então, assim que *Borarisi*, o Sol, se levantou, Frank e eu dirigimos até o castelo do "Papa" em um jipe que pegamos das tropas que protegiam o próximo presidente.

Mona ficou na casa de Frank. Beijei-a como uma santa, e, como uma santa, ela foi dormir seu sono sagrado.

Lá fomos nós pelas montanhas, Frank e eu, através de cafezais, com um amanhecer flamejante à nossa direita.

Foi com o amanhecer que a majestade cetácea da maior montanha da ilha, o Monte McCabe, mostrou-se para mim. Era uma corcova medonha, uma baleia azul. Seu pico tinha uma pedra esquisita enterrada nas costas, como uma rolha. Numa escala com uma baleia, a rolha parecia a ponta de um arpão, e destoava tanto do resto da montanha que perguntei a Frank se ela havia sido construída por mãos humanas.

Ele me disse que era uma formação natural. Além disso, declarou que nenhum homem, até onde ele sabia, havia estado no topo do Monte McCabe.

— Não parece muito difícil de escalar — comentei. Com exceção da rolha no topo, a montanha mostrava inclinações tão acessíveis quanto os degraus de um tribunal de justiça. E a própria rolha, vista de qualquer distância, parecia bem provida de rampas e saliências.

— É um lugar sagrado ou algo assim? — perguntei.

— Talvez um dia tenha sido. Mas não depois de Bokonon.

— Então por que ninguém sobe lá?

— Ninguém sentiu vontade até agora.

— Talvez eu escale o Monte McCabe.

— Vá em frente. Ninguém vai te impedir.

Rodamos em silêncio.

— O que *é* sagrado para o bokononismo? — perguntei, depois de um tempo.

— Nada, nem mesmo Deus, pelo que sei.

— Nada?

— Bom, tem uma coisa.

Dei alguns palpites:

— O oceano? O Sol?

— O ser humano — disse Frank. — É isso. Só o ser humano.

95

Vejo o gancho

Por fim, chegamos ao castelo.

Era pequeno, escuro e cruel.

Canhões antigos ainda repousavam na muralha. As ameias e balestreiras da muralha estavam repletas de videiras e ninhos de pássaros.

Os parapeitos ao norte seguiam a escarpa de um monstruoso precipício com 180 metros até o mar de águas mornas.

Aquelas pedras empilhadas levantavam a seguinte pergunta: como o homem, fraco como era, pôde mover pedras tão grandes? E, como todas as pedras empilhadas, elas mesmas responderam à pergunta. Um terror silencioso havia movido essas pedras tão grandes.

O castelo havia sido construído segundo o desejo de Tum-bumwa, Imperador de San Lorenzo, homem demente, escravo fugido.

Dizem que Tum-bumwa achou o modelo do castelo em um livro infantil.

Provavelmente era um livro bem violento.

Pouco antes de chegarmos ao portão do palácio, a estrada nos levou até um arco rústico feito com dois postes e uma viga colocada entre eles, atravessada.

No meio da viga, estava pendurado um grande gancho de aço. Havia um cartaz espetado ali.

O cartaz dizia: Este gancho está reservado para Bokonon.

Virei-me para olhar o gancho de novo e aquela coisa afiada de aço comunicou-me que eu era quem governaria. Decidi acabar com o gancho!

Disse a mim mesmo, me gabando, que seria um governante firme, justo e bondoso, e que meu povo prosperaria.

Fata Morgana.

Miragem!

96

Um sino, um livro e uma galinha em uma caixa de chapéus

Eu e Frank não pudemos ver "Papa" imediatamente. O dr. Schlichter von Koenigswald, médico que o atendia, resmungou que teríamos de esperar em torno de meia hora.

Então, aguardamos na antessala da suíte de "Papa", um ambiente sem janelas. Era um aposento de menos de três metros quadrados, mobiliado com vários bancos rústicos e uma mesa de jogos. Em cima dessa mesa havia um ventilador. As paredes eram de pedra. Não havia quadros, nenhum tipo de decoração nas paredes.

Mas havia anéis de aço fixados na parede, a uma distância de dois metros do chão, e a intervalos de um metro e meio cada. Perguntei a Frank se a sala já havia sido uma câmara de tortura.

Ele disse que sim, e que a aparente tampa de bueiro no chão, bem onde eu estava, era a entrada de um calabouço.

Um guarda apático protegia a antessala. Também havia um ministro cristão, pronto para cuidar das necessidades espirituais de "Papa" quando fosse necessário. Levava com ele um sino de metal, desses que usamos em restaurantes para pedir o jantar, uma caixa de chapéus toda furada, uma Bíblia e um facão de açougueiro — tudo isso ajeitado no banco ao seu lado.

Ele contou que havia uma galinha viva dentro da caixa de chapéus. A galinha estava quieta porque tinha engolido tranquilizantes.

Como todos os san lorenzanos com mais de 25 anos, ele parecia ter, no mínimo, 60. Disse que seu nome era dr. Vox Humana, e que recebeu esse nome em 1923, quando a catedral de San Lorenzo foi dinamitada e uma chave de órgão acertou sua mãe. Disse sem nenhuma vergonha que seu pai era "desconhecido".

Perguntei-lhe qual grupo cristão representava e disse francamente que a galinha e o facão de açougueiro eram novidade para mim, pelo meu conhecimento do cristianismo.

— O sino — comentei —, esse se encaixa bem no cristianismo.

Ele se revelou um homem inteligente. Sua tese de doutorado, que me convidou a examinar, havia recebido um prêmio da Universidade da Bíblia do Hemisfério Ocidental de Little Rock, Arkansas. Ele fez contato com a universidade através de um anúncio da revista *Popular Mechanics*.

Disse que o lema da universidade se tornou o seu lema também, e que isso explicava a galinha e o facão de açougueiro. O lema da universidade era este:

FAÇA A RELIGIÃO VIVER!

O dr. Vox Humana disse que precisara seguir sua intuição em relação ao cristianismo, já que o catolicismo e o protestantismo haviam sido proscritos juntamente com o bokononismo.

— Então, se for para ser cristão nessas condições, é melhor inventar um monte de coisas novas.

— *Intaoh* — ele disse em dialeto —, *si fohr bara sehr kris--taaohn neezas kon-diih-zoes, eh mee-lhor enventaah unh moonti di cosaz noohvaz.*

Nesse momento, o dr. Schlichter von Koenigswald saiu da suíte de "Papa", parecendo muito alemão, muito cansado.

— Podem ver o "Papa" agora — disse ele.

— Seremos breves para não o cansar demais — Frank prometeu.

— Se você o matasse — disse Von Koenigswald —, acho que ele ficaria grato.

97

O cristão nojento

"Papa" Monzano e sua doença implacável estavam na cama. A cama era um barco dourado — cana do leme, cabo de atracação, forquetas e muito mais, estava tudo lá, tudo pintado em ouro. Era o bote salva-vidas da velha escuna de Bokonon, o *Lady's Slipper*, que havia muito tempo trouxera Bokonon e o cabo McCabe a San Lorenzo.

As paredes do quarto eram brancas. Mas a dor do "Papa" era tão quente e brilhante que irradiava pelas paredes, que pareciam banhadas em um vermelho-sangue.

Ele estava pelado da cintura para cima, e seu reluzente abdome mostrava vários nódulos. A barriga tremia como uma vela agitada pelo vento.

Ao redor do pescoço dele pendia uma corrente com um pingente: um cilindro do tamanho de um cartucho de rifle. Imaginei que o cilindro abrigasse algum tipo de amuleto mágico. Eu estava enganado. Continha uma lasca de *gelo-nove*.

"Papa" mal podia falar. Seus dentes batiam descontrolados, barulhentos, e a respiração era instável.

A cabeça agonizante de "Papa" estava recostada na proa do bote, curvada para trás.

O xilofone de Mona estava perto da cama. Aparentemente, ela havia tentado acalmar o "Papa" com música na noite anterior.

— "Papa"? — sussurrou Frank.

— Adeus — "Papa" arfou. Até seus olhos estavam falhando, ele não conseguia mais enxergar.

— Trouxe um amigo.

— Adeus.

— Ele será o próximo presidente de San Lorenzo. Será um presidente bem melhor do que eu.

— Gelo! — "Papa" choramingou.

— Ele fica pedindo gelo — disse Von Koenigswald —, mas quando trazemos gelo ele não o quer mais.

"Papa" revirou os olhos. Relaxou o pescoço, tirou o peso do corpo da cabeça. E então, arqueou novamente o pescoço.

— Não importa — disse ele — quem é o presidente de...
— E não terminou a frase.

Completei por ele:

— San Lorenzo?

— San Lorenzo — concordou. Esboçou um sorriso torto.

— Boa sorte! — ele coaxou.

— Obrigado, senhor — eu disse.

— Não importa! Bokonon. Pegue Bokonon.

Tentei dar uma resposta adequada a esse pedido. Lembrei-me de que, para a felicidade do povo, Bokonon sempre deveria ser perseguido, mas nunca capturado.

— Vou pegá-lo — eu disse.

— Diga a ele...

Aproximei-me, a fim de ouvir a mensagem de "Papa" para Bokonon.

— Diga a ele que me arrependo de não o ter matado — disse "Papa".

— Eu direi a ele.

— *Você* deve matá-lo.

— Sim, senhor.

"Papa" juntou suas forças para controlar a voz e ordenar:

— Estou falando *sério*!

Não respondi. Não estava ansioso para matar alguém.

— Ele só ensina mentiras ao povo, mentiras e mentiras. Mate-o e ensine a verdade ao povo.

— Sim, senhor.

—Você e Hoenikker devem ensinar ciência ao povo.

— Sim, senhor, ensinaremos — prometi a ele.

— Ciência é magia que *funciona*.

Ele ficou quieto, relaxou, fechou os olhos. E então sussurrou:

— Últimos ritos.

Von Koenigswald chamou o dr. Vox Humana. O dr. Humana entrou, tirou sua galinha sedada da caixa de chapéus, preparando-se para administrar a sua versão dos últimos ritos cristãos.

"Papa" abriu um olho.

—Você não. — Olhou com desprezo para o dr. Humana. — Fora daqui!

— Como? — perguntou o dr. Humana, surpreso.

— Eu sou bokononista — "Papa" ofegou. — Fora daqui, seu cristão nojento!

98

Últimos ritos

Dessa forma, tive a honra de assistir aos últimos ritos da fé bokononista.

Tentamos encontrar entre os soldados e os empregados do palácio alguém que admitisse conhecer os ritos e que pudesse administrá-los no "Papa". Não havia voluntários. Isso não foi nenhuma surpresa, com um gancho e um calabouço tão próximos.

Então o dr. Koenigswald disse que poderia ao menos tentar. Ele nunca havia administrado os ritos antes, mas já vira Julian Castle fazê-lo centenas de vezes.

—Você é bokononista? — perguntei a ele.

— Eu concordo com apenas um preceito bokononista. Também acho que todas as religiões, incluindo o bokononismo, não passam de mentiras.

— Mas isso não o incomoda como cientista — perguntei —, ter de realizar um ritual como esse?

— Sou um péssimo cientista. Farei qualquer coisa que ajude um ser humano a se sentir melhor, mesmo se for algo não científico. Nenhum cientista de verdade diria isso.

E pulou no barco de ouro, para junto do "Papa". Sentou-se na popa. Como era um lugar apertado, ele colocou o leme dourado debaixo do braço.

O dr. Koenigswald tirou as sandálias, que usava sem meias. Então puxou as cobertas, expondo os pés descalços de "Papa". Colocou a sola dos pés na sola dos pés de "Papa", adotando a clássica posição do *boko-maru*.

99

Diusz feehz a laah-mah

— *Diuss faiz o láah-ma* — disse o dr. Von Koenigswald, num tom monótono.
— *Diusz feehz a laah-mah* — repetiu "Papa" Monzano.
"Deus fez a lama", foi o que cada um disse em seu próprio dialeto. Vou ignorar os dialetos da litania.
— Deus se sentiu solitário — disse Von Koenigswald.
— Deus se sentiu solitário.
— Então Deus disse a um punhado de lama: "Sente-se!".
— Então Deus disse a um punhado de lama: "Sente-se!".
— "Veja tudo que eu fiz", disse Deus, "as montanhas, o mar, o céu, as estrelas."
— "Veja tudo que eu fiz", disse Deus, "as montanhas, o mar, o céu, as estrelas."
— E eu era o punhado de lama que se sentou e olhou em volta.
— E eu era o punhado de lama que se sentou e olhou em volta.
— Sorte minha, sorte da lama.
— Sorte minha, sorte da lama. — Lágrimas corriam pelo rosto de "Papa".

— Eu, lama, sentei e vi que Deus havia feito um bom trabalho.

— Eu, lama, sentei e vi que Deus havia feito um bom trabalho.

— Muito bem, Deus!

— Muito bem, Deus! — "Papa" disse, de todo o coração.

— Ninguém teria feito melhor, Deus! Eu jamais teria conseguido.

— Ninguém teria feito melhor, Deus! Eu jamais teria conseguido.

— Me sinto muito insignificante comparado a Vós.

— Me sinto muito insignificante comparado a Vós.

— Só me sinto um pouquinho importante quando penso em toda lama que nunca sentou e olhou em volta.

— Só me sinto um pouquinho importante quando penso em toda lama que nunca sentou e olhou em volta.

— Recebi tanto, e o resto da lama recebeu tão pouco.

— Recebi tanto, e o resto da lama recebeu tão pouco.

— *Obrrigáh-du pelahz houn-rrá!* — gritou Von Koenigswald.

— *Obrih-gaah-du pelaah hoon-rah!* — ofegou "Papa".

O que eles tinham dito era: "Obrigado pela honra!"

— Agora a lama vai se deitar de novo e dormir.

— Agora a lama vai se deitar de novo e dormir.

— Quantas lembranças para uma lama!

— Quantas lembranças para uma lama!

— Quantas outras lamas sentadas interessantes conheci!

— Quantas outras lamas sentadas interessantes conheci!

— Gostei de tudo o que vi!

— Gostei de tudo o que vi!

— Boa noite.

— Boa noite.

—Vou para o céu, agora.
—Vou para o céu, agora.
— Mal posso esperar...
— Mal posso esperar...
— Para saber com certeza qual era o meu *wampeter*...
— Para saber com certeza qual era o meu *wampeter*...
— E quem eram os membros do meu *karass*...
— E quem eram os membros do meu *karass*...
— E ver todas as coisas boas que nosso *karass* fez por Vós.
— E ver todas as coisas boas que nosso *karass* fez por Vós.
— Amém.
— Amém.

100

Frank desce pelo calabouço

Mas "Papa" não morreu e foi para o céu — não ainda.

Perguntei a Frank qual seria o melhor momento de anunciar minha ascensão à presidência. Ele não ajudou em nada, não tinha ideias, deixou tudo em minhas mãos.

— Achei que você me ajudaria — reclamei.

— Só nos assuntos *técnicos*. — Frank se empertigou, era um puritano em relação a isso. Segundo ele, eu não deveria violar sua integridade como técnico. Não deveria forçá-lo a fazer algo além do seu estrito trabalho.

— Entendo.

— A forma como lida com o público é responsabilidade *sua*. Aceito tudo o que você fizer.

A maneira como Frank abdicou abruptamente de qualquer responsabilidade com o trato humano me deixou surpreso e irritado, e eu disse a ele, com ironia:

— Você se importa de me dizer, do ponto de vista puramente técnico, o que eu deveria fazer neste dia tão grandioso?

Recebi uma resposta estritamente técnica:

— Restaurar a energia elétrica e preparar um espetáculo aéreo de aviões.

— Ótimo! Então um dos meus primeiros triunfos como presidente será restaurar a eletricidade para meu povo.

Frank não percebeu a ironia. Ele bateu continência.

—Vou tentar, senhor. Farei o meu melhor por você, senhor. Mas não posso garantir que a energia volte logo.

— É isso que eu quero, um país enérgico.

— Farei o meu melhor, senhor. — Frank bateu outra continência.

— E o espetáculo aéreo? — perguntei. — Como é isso?

Recebi outra resposta inexpressiva:

— À uma hora desta tarde, senhor, seis aviões da Força Aérea de San Lorenzo vão sobrevoar o palácio e atirar em alvos colocados no mar. Faz parte da celebração do Dia dos Cem Mártires da Democracia. O embaixador dos Estados Unidos também pretende jogar uma coroa de flores no mar.

Então decidi, provisoriamente, que Frank anunciaria minha apoteose imediatamente após a cerimônia da coroa de flores e do espetáculo aéreo.

— O que acha disso? — perguntei a Frank.

—Você é quem manda, senhor.

— Acho melhor preparar um discurso — eu disse. —Talvez seja bom fazer também uma espécie de cerimônia de posse, para dar um ar mais digno, oficial.

—Você é quem manda, senhor.

Cada vez que Frank dizia essa frase, ela me soava muito distante, como se Frank descesse os degraus de uma escada até um poço bem fundo, enquanto eu era obrigado a permanecer lá em cima.

E percebi, desapontado, que ao concordar em ser o chefe de Frank, eu o havia libertado para fazer o que ele mais queria da vida, fazer o que seu pai havia feito: receber honras e conforto material isentando-se de qualquer responsabilidade em relação ao ser humano. Frank acabava de se enfiar em um calabouço espiritual.

101

Como meus antecessores, declarei Bokonon um fora da lei

Escrevi meu discurso em uma sala redonda e simples ao pé de uma torre. Lá havia uma mesa e uma cadeira. O discurso que escrevi também era redondo, simples e pouco mobiliado.

Era otimista. Era humilde.

Achei impossível não pedir ajuda a Deus. Nunca havia precisado da ajuda Dele e nunca acreditei que esse tipo de ajuda estivesse disponível.

Naquela hora, descobri que precisava acreditar — e acreditei.

Além disso, eu precisaria do apoio das pessoas. Pedi uma lista de pessoas que deveriam ser convidadas para as cerimônias e vi que Julian Castle e seu filho não estavam na lista. Mandei mensageiros convidá-los imediatamente, já que eram os que mais tinham familiaridade com o meu povo, com exceção de Bokonon.

Quanto a Bokonon:

Pensei em convidá-lo a se juntar ao meu governo, iniciando, assim, um período de justiça, paz e felicidade para o povo. E pensei em ordenar que sumissem com aquele horrendo gancho de uma vez por todas e depois comemorar o ato com grande alegria.

Mas então entendi que esse período de paz e justiça teria de oferecer algo mais do que um homem santo em uma posição de poder. Também teria de incluir uma fartura de coisas gostosas para comer, bons lugares para se viver, boas escolas, bons hospitais, diversão para todos, e trabalho para quem quisesse trabalhar — coisas que nem eu nem Bokonon tínhamos condições de oferecer.

Dessa forma, o bem e o mal tiveram de permanecer separados. O bem na selva, e o mal no palácio. O entretenimento do teatro era tudo o que tínhamos para oferecer às pessoas.

Ouvi uma batida na porta. Um criado disse que os convidados haviam começado a chegar.

Enfiei meu discurso no bolso e subi as escadas em espiral da minha torre. Cheguei ao parapeito mais alto do meu castelo e de lá contemplei meus convidados, meus criados, meu penhasco e meu mar de águas mornas.

102

Inimigos da liberdade

Quando penso em todas as pessoas que contemplei do parapeito mais alto, penso no "Calipso 119", no qual Bokonon nos convida a cantar com ele:

> "Minha boa e velha turma, onde ela foi parar?",
> Ouvi dizer um homem triste.
> E lá fui eu no ouvido do homem triste cochichar:
> "Sua boa e velha turma não mais existe".

Estavam presentes na festa o embaixador Horlick Minton e sua senhora; H. Lowe Crosby, o fabricante de bicicletas, e sua Hazel; o dr. Julian Castle, altruísta e filantropo, e seu filho Philip, escritor e dono de hotel; o pequeno Newton Hoenikker, pintor de quadros, e sua irmã musicista, a sra. Harrison C. Conners; a minha celestial Mona; o major-general Franklin Hoenikker; e vinte burocratas e militares sortidos de San Lorenzo.

Mortos — quase todos mortos agora.

Como Bokonon diz: "Nunca é um erro dizer adeus".

Havia um bufê no parapeito do meu castelo, abastecido com iguarias nativas: pássaros canoros assados envoltos em pequeninos casacos feitos com suas próprias penas verde-azuladas, caranguejos terrestres cor de lavanda fritos sem a casca em óleo de coco e depois colocados de volta nas cascas, filhotes de barracuda recheados com creme de banana, bolinhos de fubá ázimo, além de canapés de carne de albatroz.

Disseram-me que o albatroz havia sido abatido a tiros naquela mesma guarita onde se encontrava o bufê.

Apenas duas bebidas foram servidas, ambas sem gelo: Pepsi e o rum típico da ilha. A Pepsi foi servida em copos de chope de plástico. O rum, em cocos cortados ao meio. Não consegui identificar o cheiro doce que o rum exalava, embora ele me lembrasse momentos da minha pré-adolescência.

Frank conseguiu identificar o cheiro:

— Acetona.

— Acetona?

— É usada para fazer cola de aeromodelos.

Não bebi o rum.

O embaixador Minton, carregando um coco, saudava a todos, agindo como embaixador e *gourmand*, fingindo amar todos os homens e as bebidas que tinham nas mãos. Mas eu não o vi beber nada. Aliás, ele também levava consigo uma espécie de valise que eu nunca tinha visto antes. Parecia um estojo de trompa francesa, que depois revelou abrigar a coroa de flores que era para ser jogada no mar, durante o memorial.

A única pessoa que vi bebendo o rum foi H. Lowe Crosby, que obviamente não tinha olfato. Ele estava se divertindo muito, bebendo acetona do seu coco, sentado num canhão e tapando com seu grande traseiro o pequeno orifício onde se colocava a pólvora. Olhava para o mar com um enorme binóculo japonês. Estava vendo os alvos montados que boiavam, ancorados distantes da praia.

Os alvos eram homens feitos de papelão.

Esses alvos deveriam ser metralhados e bombardeados pelos seis aviões da Força Aérea de San Lorenzo como uma demonstração de poder.

Cada alvo era uma caricatura de pessoas reais, e o nome de cada uma dessas pessoas estava pintado na frente e nas costas do papelão.

Perguntei quem era o caricaturista e descobri que o dr. Vox Humana, ministro cristão, era o responsável por elas. Ele estava perto de mim.

— Não sabia que também tinha talento para desenhar.

— Ah, sim. Quando eu era jovem, tive muita dificuldade em escolher o que queria ser.

— Acho que tomou a decisão certa.

— Rezei para receber orientação lá de Cima.

— E deu certo.

H. Lowe Crosby passou seus binóculos para a esposa:

— Lá está o velho Joe Stalin, é o que está mais perto da praia. O velho Fidel Castro está ancorado bem ao lado dele.

— Lá está o velho Hitler — riu Hazel, deliciada. — E lá estão o velho Mussolini e alguns japoneses.

— E lá está o velho Karl Marx.

— E também o velho kaiser Guilherme, de chapéu pontudo e tudo o mais — arrulhou Hazel. — Nunca imaginei que o veria de novo.

— Ali está o velho Mao. Está vendo o velho Mao?

— Hoje *ele* vai aprender uma lição, não vai? — perguntou Hazel. — Não vai ter a maior surpresa da sua vida? Adorei essa ideia, é mesmo muito engraçada.

— Lá estão praticamente todos os inimigos da liberdade — declarou H. Lowe Crosby.

103

Opinião médica sobre os efeitos de uma greve de escritores

Nenhum dos convidados sabia ainda que eu seria o presidente. Nenhum deles sabia o quão próximo da morte estava o "Papa". Frank deu uma declaração oficial de que "Papa" estava descansando confortavelmente e que mandava seus cumprimentos a todos.

A ordem dos eventos, conforme anunciado por Frank, era a seguinte: primeiro o embaixador Minton jogaria a coroa de flores no mar, em honra aos Cem Mártires da Democracia, depois, os aviões atirariam no alvos montados no mar. Então ele, Frank, diria algumas palavras.

Ele não disse aos convidados que, após seu discurso, haveria um discurso meu.

Dessa forma, fui tratado como um simples jornalista visitante, e, como tal, engatei umas *granfalloonices* inofensivas aqui e ali.

— Olá, mamãe — disse a Hazel Crosby.

— Vejam só se não é o meu garoto! — Hazel me deu um abraço perfumado e disse a todo mundo: — Este garoto é um *hoosier*!

Os Castle, pai e filho, permaneciam separados do resto dos convidados. Por tanto tempo foram indesejáveis no palácio do "Papa" que estavam curiosos sobre o motivo do convite.

O jovem Castle me chamou de "Scoop".*

— Bom dia, Scoop. Quais são as novas no mundo das palavras?

— Poderia perguntar a mesma coisa a você — repliquei.

— Estou pensando em convocar uma greve geral dos escritores até a humanidade tomar jeito. Você me apoiaria?

— Os escritores têm direito a greve? Seria como se a polícia ou os bombeiros saíssem de cena.

— Ou os professores universitários.

— Ou os professores universitários — concordei. Sacudi a cabeça. — Não, acho que não ficaria em paz com minha consciência se apoiasse uma greve assim. Quando um homem se torna escritor, assume uma obrigação sagrada de produzir beleza, iluminação e conforto a toda velocidade.

— Não posso evitar de pensar no choque que seria para o mundo se de repente ninguém criasse mais livros novos, peças novas, histórias novas, poemas novos...

— E você ficaria orgulhoso quando as pessoas começassem a morrer como moscas? — perguntei.

— Acho que elas morreriam mais como cães raivosos, rosnando e mordendo umas às outras, e correndo atrás do próprio rabo.

Virei-me para o Castle mais velho:

— Senhor, como morre um homem que é privado dos consolos da literatura?

— Há duas formas possíveis — disse ele —: ou o coração endurece, ou o sistema nervoso atrofia.

---

* "Furo" jornalístico em inglês. [N. de T.]

— Imagino que nenhuma das duas formas seja muito agradável — sugeri.

— Não — disse o Castle mais velho. — Pelo amor de Deus, *vocês dois* precisam continuar escrevendo, *por favor*!

104

Sulfatiazol

Minha celestial Mona não se aproximou de mim e não me encorajou a ficar ao seu lado com olhares lânguidos. Ela estava no papel de anfitriã, apresentando Angela e o pequeno Newt aos san lorenzanos.

Hoje em dia, quando penso naquela garota — quando relembro sua indiferença frente ao desmaio do "Papa", frente ao seu noivado comigo —, fico em dúvida entre avaliações positivas e negativas.

Ela representava a forma mais elevada de espiritualidade feminina?

Ou era insensível, frígida — na verdade, um peixe morto, uma mulher confusa, viciada em xilofone, no culto à beleza e em *boko-maru*?

Jamais saberei.

Diz Bokonon:

> É mentiroso, o amante,
> A si mesmo ele tapeia.
> Não há amor na verdade,
> Ela é fria como uma baleia!

Ou seja, acho que minhas instruções são claras. Devo me lembrar de Mona como uma mulher sublime.

— Diga-me — perguntei ao jovem Philip Castle no dia dos Cem Mártires da Democracia —, já conversou com seu amigo e admirador H. Lowe Crosby?

— Ele não me reconheceu de terno, gravata e sapatos — replicou o jovem Castle. — Até tivemos uma simpática conversa sobre bicicletas. Pode ser que tenhamos outra dessas conversas.

Descobri que não achava mais engraçado o fato de H. Lowe Crosby querer fabricar bicicletas em San Lorenzo. Como presidente da ilha, queria muito que essa fábrica desse certo. Senti um súbito respeito pela pessoa de H. Lowe Crosby e pelo seu objetivo.

— Como vocês acham que o povo de San Lorenzo encararia a industrialização? — perguntei aos Castle, pai e filho.

— O povo de San Lorenzo — disse o pai — só está interessado em três coisas: pescaria, sexo e bokononismo.

— Não acha que se interessariam pelo progresso?

— Já tiveram seu quinhão de progresso. Só um aspecto do progresso realmente os empolga.

— Qual?

— A guitarra.

Pedi licença e juntei-me aos Crosby novamente.

Frank Hoenikker conversava com eles, explicando quem era Bokonon e contra o que ele lutava:

— Ele é contra a ciência.

— Como alguém em sã consciência pode ser contra a ciência? — perguntou Crosby.

— Eu estaria morta se não fosse a penicilina — disse Hazel. — E minha mãe também.

— *Quantos anos* tem sua mãe? — perguntei.

— Cento e seis. Não é maravilhoso?

— Com certeza — concordei.

— E eu também seria viúva se não fosse o remédio que deram para salvar meu marido — disse Hazel. Ela precisou perguntar ao marido o nome do remédio. — Querido, qual era o nome da coisa que lhe deram naquela época, que salvou sua vida?

— Sulfatiazol.

Foi então que cometi o erro de pegar um canapé de albatroz de uma bandeja que passava.

105

Analgésico

Aconteceu — "como *era* para acontecer", Bokonon diria — que a carne de albatroz e eu tivemos uma briga tão violenta que comecei a passar mal tão logo engoli o primeiro bocado. Fui obrigado a descer correndo a escada em espiral em busca de um banheiro. Consegui me enfiar em um banheiro vizinho à suíte de "Papa".

Quando saí de lá, me arrastando, mas um tanto aliviado, trombei com o dr. Schlichter von Koenigswald, que saía do quarto de "Papa". Ele parecia completamente transtornado e me pegou pelo braço e gritou:

— O que era aquilo? O que era aquilo que ele tinha pendurado no pescoço?

— Perdão?

— Ele engoliu! "Papa" engoliu o que estava naquele cilindro e agora está morto.

Lembrei do cilindro que "Papa" trazia pendurado no pescoço e dei meu palpite sobre seu conteúdo, um palpite bem óbvio:

— Cianureto?

— Cianureto? Cianureto transforma um homem em cimento num segundo?

— Cimento?

— Mármore! Ferro! Nunca vi um cadáver tão rígido como esse. Bata no corpo com qualquer coisa e ele vai ressoar como um xilofone! Venha ver! — Von Koenigswald me trouxe para dentro do quarto de "Papa".

Na cama, no barco salva-vidas dourado, havia uma coisa horrorosa de se ver. "Papa" estava morto, mas não aquele tipo de morto sobre o qual podemos dizer: "Ao menos descansou em paz".

A cabeça de "Papa" estava dobrada para trás, o máximo que dava. O peso do cadáver estava no topo da cabeça e na sola dos pés, com o resto do corpo formando uma ponte, cujo arco ia em direção ao teto. A figura parecia uma daquelas barras de ferro que sustentam a lareira.

Era óbvio que ele tinha morrido por causa do conteúdo do cilindro que trazia no pescoço. Uma de suas mãos segurava o cilindro, que estava destampado. O polegar e o dedo indicador da outra mão, como se segurassem um pedacinho de algo, estavam presos entre seus dentes.

O dr. Von Koenigswald desparafusou o suporte de remo do bote salva-vidas dourado. Bateu com o suporte de ferro na barriga de "Papa", e, realmente, o som que saía do cadáver era o de um xilofone.

Os lábios, as narinas e os olhos de "Papa" estavam vitrificados, cobertos com uma crosta de gelo branco-azulada.

Deus sabe que tais sintomas não são novidade hoje em dia. Mas certamente eram uma novidade na época. "Papa" Monzano foi o primeiro homem na história a morrer de *gelo-nove*.

Registro esse fato porque vale a pena registrá-lo. Bokonon diz: "Escreva tudo que puder". O que ele realmente quer enfatizar, é claro, é a inutilidade de escrever ou ler histórias. "Sem registros precisos do passado, como a humanidade pretende evitar cometer sérios erros no futuro?", pergunta ele, ironicamente.

Então, novamente: "Papa" Monzano foi o primeiro homem na história a morrer de *gelo-nove*.

106

O que dizem os bokononistas ao cometer suicídio

O dr. Von Koenigswald, o humanitário com o terrível saldo negativo de Auschwitz em seu compromisso com a bondade, foi o segundo a morrer de *gelo-nove*.

Ele estava falando sobre *rigor mortis*, um assunto que eu tinha introduzido.

— O *rigor mortis* não começa em segundos — declarou.

— Eu dei as costas a "Papa" por um instante apenas. Ele estava delirando...

— Sobre o quê? — perguntei.

— Dor, gelo, Mona... tudo. E então "Papa" disse: "Agora vou destruir o mundo inteiro".

— O que ele quis dizer com isso?

— É o que os bokononistas sempre dizem quando estão prestes a cometer suicídio. — Von Koenigswald foi até uma bacia de água para lavar as mãos. — Quando me virei para olhá-lo — disse, com suas mãos sob a água —, ele estava morto, duro como uma estátua, do jeito que você o vê agora. Passei a mão nos lábios dele. Pareceram-me tão peculiares.

Ele mergulhou as mãos na água.

— Que substância química poderia... — E não completou a frase.

O dr. Von Koenigswald levantou as mãos e a água na bacia veio junto com elas. Não era mais água, mas um bloco maciço de *gelo-nove*.

Von Koenigswald encostou a ponta da língua no mistério branco-azulado.

Uma crosta de gelo cobriu seus lábios. Ele congelou solidamente, oscilou e caiu no chão.

O bloco branco-azulado quebrou-se em pedacinhos. Lascas espalharam-se pelo chão.

Corri para a porta e berrei pedindo ajuda.

Soldados e criados vieram correndo.

Ordenei que trouxessem Frank, Newt e Angela ao quarto de "Papa".

Finalmente eu tinha visto *gelo-nove*!

107

Contemplem essa bela visão!

Conduzi os três filhos do dr. Felix Hoenikker ao quarto de "Papa" Monzano. Fechei a porta e barrei a passagem com as costas. Eu estava furioso e amargo. Sabia o que o *gelo-nove* podia fazer. Já o vira frequentemente em meus sonhos.

Não havia dúvidas de que Frank dera o *gelo-nove* a "Papa". E me pareceu óbvio que, se Frank dera sua parte a alguém, então também Angela e Newt poderiam ter feito o mesmo.

Falei rispidamente, disse que eles deveriam responder por esse crime monstruoso. Disse que não adiantava negar, que eu sabia que eles tinham *gelo-nove* em seu poder. Tentei alertá-los sobre o perigo que o *gelo-nove* representava, que ele poderia causar o fim da vida na Terra. Fui tão dramático que eles nem pensaram em me perguntar como eu sabia sobre o *gelo-nove*.

— Contemplem essa bela visão! — disse eu.

Bem, como diz Bokonon: "Deus nunca escreveu uma única peça de teatro boa em Sua Vida". Na cena que se passava no quarto de "Papa" não faltavam questões controversas e espetaculares, acessórios e um discurso de abertura perfeito para o momento, o meu.

Mas a primeira resposta dos Hoenikker destruiu toda a grandeza do espetáculo.

O pequeno Newt vomitou.

108

Frank nos diz o que fazer

E então todos quisemos vomitar.
Newt certamente seguiu o chamado da natureza.
— Não poderia concordar mais com você — eu disse a Newt. Resmunguei para Angela e Frank: — Agora que sabemos a opinião de Newt, gostaria de ouvir o que vocês dois têm a dizer.
— Argh — disse Angela, encolhendo-se, com a língua de fora. Estava pálida como massa de modelar.
—Você também se sente assim? — perguntei a Frank. — "Argh?", general, é isso que tem a dizer?
Frank tinha cerrado os dentes e respirava ruidosamente por entre eles, com uma careta.
— Como o cachorro — murmurou o pequeno Newt, olhando para Von Koenigswald.
— Que cachorro?
Newt cochichou sua resposta. Quase não havia barulho de vento lá fora, mas tal era a acústica da sala revestida de pedra que todos nós ouvimos o cochicho claramente, como se fosse um sino de Natal a ressoar.

— Na véspera de Natal, quando papai morreu.

Newt falava consigo mesmo. E quando pedi a ele que me contasse tudo sobre o cachorro da noite em que seu pai tinha morrido, ele me olhou como se eu fosse um intruso em seus sonhos. Considerou-me irrelevante.

Seu irmão e sua irmã, no entanto, faziam parte do sonho. E ele falou com seu irmão sobre aquele pesadelo, disse a Frank:

— Você deu isso ao cachorro.

Newt perguntou a Frank, admirado:

— Foi assim que conseguiu este ótimo emprego, não é mesmo? O que disse a ele? Que tinha algo melhor do que uma bomba de hidrogênio?

Frank não prestou atenção à pergunta. Olhava em volta atentamente, considerando tudo que via. Relaxou a mandíbula, e seus dentes fizeram um rápido "click" enquanto ele piscava os olhos, ao mesmo tempo. Ele disse o seguinte:

— Ouçam, precisamos limpar essa bagunça.

109

Frank se defende

— General — eu disse a Frank —, provavelmente nenhum major-general deu uma declaração tão incontestável como essa neste ano. Como meu conselheiro técnico, de que forma recomenda que nós, conforme pontuou tão bem, "limpemos essa bagunça"?

Frank me deu uma resposta direta. Estalou os dedos. Pude ver que estava se desassociando das causas da bagunça, identificando-se, com crescente orgulho e energia, com os purificadores, os salvadores do mundo, os limpadores de bagunça.

—Vassouras, pás de lixo, maçaricos, fogareiros, baldes — ele ordenou, estalando, estalando, estalando os dedos.

— Você propõe queimar os corpos com o maçarico? — perguntei.

Frank estava tão absorto com o pensamento técnico que praticamente sapateava, dançando ao som das estaladas de dedo:

—Vamos varrer os pedaços grandes do chão e derretê-los em um balde no fogareiro. Depois, varreremos cada centímetro do chão com o maçarico, caso haja cristais microscópicos espalhados. O que faremos com os corpos e a cama... — Ele precisou pensar um pouco mais. — Uma pira funerária! — gritou, muito satisfeito consigo mesmo. — Vou fazer uma grande pira funerária fora do palácio, perto do gancho, e então jogaremos os corpos e a cama lá.

Ele fez menção de sair do quarto para ordenar a construção da pira funerária e preparar as coisas que precisávamos para limpar o quarto.

Angela o impediu:

— Como *pôde* fazer isso? — quis saber.

Frank respondeu com um sorriso apático.

—Vai dar tudo certo.

— Como você *pôde* entregá-lo a um homem como "Papa" Monzano? — Angela perguntou.

—Vamos limpar a bagunça primeiro, depois conversamos.

Angela o segurou pelo braço e não o soltou mais.

— Como *pôde* fazer isso? — ela o chacoalhou.

Frank se desvencilhou das mãos da irmã. Seu sorriso apático desapareceu e foi substituído por um sorriso irônico e desagradável por um breve momento — momento em que se dirigiu a ela com extremo desprezo:

— Eu o usei para comprar um emprego, do mesmo modo que você o usou para comprar um marido bonitão e do mesmo modo que Newt o usou para comprar uma semana em Cape Cod com uma anã russa!

O sorriso apático voltou.

Frank saiu do quarto, batendo violentamente a porta.

110

O décimo quarto livro

Bokonon diz: "Às vezes, o *pool-pah* é tão grande que dispensa os comentários dos seres humanos". Em um ponto de *Os livros de Bokonon*, o homem santo traduz *pool-pah* como "tempestade de merda" e em outro ponto como "ira de Deus".

Pelo que Frank disse antes de bater a porta, presumi que a República de San Lorenzo e os três Hoenikker não eram os únicos a possuir *gelo-nove*. Aparentemente, os Estados Unidos da América e a União das Repúblicas Socialistas Soviéticas também tinham *gelo-nove* em seu poder. Os Estados Unidos haviam conseguido sua parte através do marido de Angela, cuja fábrica em Indianápolis era inexplicavelmente protegida com cercas elétricas e pastores-alemães homicidas. E a União Soviética seguira o mesmo caminho através da namorada de Newt, a pequena Zinka, a encantadora monstrinha do balé ucraniano.

Fiquei sem fala.

Abaixei a cabeça e fechei os olhos, esperando Frank voltar com as humildes ferramentas necessárias para limpar um quarto — um quarto único entre todos os quartos do mundo, um quarto infestado de *gelo-nove*.

Em algum momento, envolto na névoa aveludada e roxa do esquecimento, ouvi Angela falando comigo. Não estava se defendendo. Defendia o pequeno Newt:

— Newt não o entregou a ela. Ela *roubou*.

A informação não me interessou.

"Que esperança pode haver para a humanidade", pensei, "se homens como Felix Hoenikker entregam brinquedos da importância do *gelo-nove* nas mãos de crianças estúpidas, como o são praticamente todos os homens e mulheres do mundo?"

E lembrei do *Décimo quarto livro de Bokonon*, que eu havia lido integralmente na noite anterior. O *Décimo quarto livro* é intitulado: "O que um homem sensato espera da humanidade na Terra, dada a experiência dos últimos milhões de anos?".

Não levei muito tempo para ler o *Décimo quarto livro*. Ele consiste em uma palavra e um ponto-final.

É o seguinte:

"Nada."

111

Intervalo

Frank voltou com vassouras, pás de lixo, um maçarico, um fogareiro movido a querosene, luvas de borracha e um bom e velho balde.

Vestimos as luvas para não contaminar nossas mãos com *gelo-nove*. Frank apoiou o fogareiro sobre o xilofone da celestial Mona e pôs o velho e honesto balde em cima dele.

Pegamos os maiores pedaços de *gelo-nove* do chão, jogamos dentro daquele humilde balde, e eles derreteram. Viraram a boa, doce e honesta água.

Eu e Angela varremos o chão e o pequeno Newt olhou embaixo dos móveis em busca de pedaços de *gelo-nove* que poderiam ter escapulido. Frank seguiu nossa varredura com a chama purificadora do maçarico.

Invadiu-nos aquela serenidade apática das faxineiras e zeladores que trabalham até tarde da noite. Em um mundo bagunçado, estávamos ao menos tentando deixar nosso cantinho limpo.

Ouvi minha voz pedindo a Newt, Frank e Angela, em um tom amigável de bate-papo, que me contassem sobre a véspera de Natal e a morte do velho, sobre o cachorro.

E, inocentemente, certos de que a limpeza do quarto faria tudo voltar ao normal, os Hoenikker me contaram a história.

A história era a seguinte:

Naquela trágica véspera de Natal, Angela foi até a cidade comprar luzes para a árvore, enquanto Newt e Frank resolveram dar uma volta na praia, solitária e vazia no inverno. Eles encontraram um labrador preto. O cachorro era simpático, como são todos os labradores, e seguiu Frank e o pequeno Newt até em casa.

Felix Hoenikker morreu — morreu em sua cadeira branca de vime de frente para o mar — enquanto os filhos estavam fora. Durante o dia inteiro o velho provocara os filhos com pistas sobre o *gelo-nove*, mostrando-lhes uma garrafinha em cujo rótulo ele havia desenhado uma caveira com ossos cruzados e escrito: PERIGO! GELO-NOVE! MANTENHA LONGE DA UMIDADE!

O dia todo, o velho azucrinara alegremente os filhos com as seguintes palavras: "Vamos lá, tentem expandir suas mentes, pelo menos um pouquinho. Já disse a vocês que o ponto de fusão era 45,7 graus Celsius e que era composto somente por hidrogênio e oxigênio. O que pode ser, de acordo com essa explicação? Pensem um pouco! Não tenham medo de expandir o cérebro. Ele não vai quebrar".

— Ele ficava nos dizendo para expandir o cérebro — disse Frank, relembrando os velhos tempos.

— Desisti de expandir meu cérebro quando tinha sei lá quantos anos — Angela confessou, apoiando-se na vassoura. — Nem prestava atenção quando ele falava de ciência. Eu apenas concordava e fingia que tentava expandir minha mente, mas meu pobre cérebro, para assuntos científicos, esticava tanto quanto uma cinta-liga velha.

Aparentemente, antes de sentar-se em sua cadeira de vime e morrer, o velho tinha brincado na cozinha com água, panelas, tachos e *gelo-nove*. Ele devia estar convertendo água em *gelo--nove* e vice-versa, já que todas as panelas e tachos da cozinha estavam na bancada. Um termômetro para carne lá estava também, ou seja, o velho andava medindo a temperatura das coisas.

O velho só queria fazer um intervalo e descansar em sua cadeira, por isso deixou a cozinha tão bagunçada. Parte da bagunça era uma caçarola cheia de *gelo-nove* em estado sólido. Sem dúvida, queria derreter o bloco para reduzir o suprimento mundial da coisa branco-azulada a uma lasca dentro da garrafa — mas só depois de um breve intervalo.

Mas, como Bokonon diz: "Qualquer um pode fazer um intervalo, mas ninguém pode dizer o quão longo ele será".

112

A bolsinha de tricô da mãe de Newt

— Eu deveria ter percebido que ele estava morto no minuto em que entrei em casa — disse Angela, apoiando-se novamente na vassoura. — A cadeira de vime estava completamente silenciosa. Ela sempre fazia barulho e estalava quando papai estava sentado nela, mesmo quando ele dormia.

Mas Angela pensou que o pai estava dormindo e foi decorar a árvore de Natal.

Newt e Frank entraram com o labrador. Foram até a cozinha procurar algo para o cachorro comer. Encontraram as poças de água do velho.

Havia água no chão, e o pequeno Newt pegou um pano de prato e a enxugou. Depois jogou o pano ensopado no balcão.

Acontece que o pano de prato caiu em uma panela com *gelo-nove*.

Frank pensou que a panela contivesse uma espécie de cobertura para bolo e enfiou a panela quase no nariz de Newt, para mostrar o que seu descuido com o pano de prato havia feito.

Newt descolou o pano de prato da superfície e viu que ele estava diferente, tinha uma propriedade metálica, estranha, como a pele de uma cobra, como se fosse feito com uma malha dourada, ricamente tecida.

— Digo "malha dourada" — disse o pequeno Newt, no quarto de "Papa" — porque ele me lembrou imediatamente a textura da bolsinha de tricô da minha mãe.

Angela explicou sentimentalmente que, quando Newt era criança, guardava a bolsinha dourada da mãe como um tesouro. Imagino que fosse uma daquelas bolsinhas de mão pequenas, usadas em festas.

— Era tão estranho tocá-la, nunca mais achei uma textura como a dela — disse Newt, analisando sua velha ternura pela bolsinha de tricô. — Fico imaginando o que aconteceu com ela.

— Fico imaginando o que aconteceu com um *monte* de coisas — disse Angela. A frase ecoou no tempo e no espaço... triste, perdida.

O que aconteceu com o pano de prato que parecia uma bolsinha de tricô foi o seguinte: Newt deu o pano para o cachorro cheirar e o cachorro o lambeu. E o cachorro ficou duro, congelou.

Newt foi dizer ao pai que o cachorro estava duro e descobriu que o pai também estava duro.

113

História

Nosso trabalho no quarto de "Papa" estava terminado.

Mas os corpos ainda precisavam ser levados até a pira funerária. Decidimos que isso deveria ser feito com pompa, que seria melhor esperar até terminar a cerimônia em honra dos Cem Mártires da Democracia.

A última coisa que fizemos foi colocar Von Koenigswald de pé para descontaminar o chão onde ele estava deitado. Depois escondemos o corpo, de pé, no armário de "Papa".

Não tenho muita certeza do motivo pelo qual o escondemos. Acho que deve ter sido para simplificar a situação.

Quanto à história de como Frank, Newt e Angela dividiram entre si o suprimento mundial de *gelo-nove* na véspera de Natal... ela começou a definhar quando os irmãos chegaram aos detalhes do crime em si. Os Hoenikker não se lembravam de alguém ter dito algo que justificasse a atitude que haviam tomado, de se apoderar do *gelo-nove*. Falaram sobre como era o *gelo-nove*, lembrando das expansões de cérebro do velho, mas não falaram sobre o aspecto moral da situação.

— Quem fez a divisão? — perguntei.

Os três Hoenikker haviam apagado tão completamente as lembranças do incidente que até mesmo esse detalhe decisivo foi difícil para eles.

— Não foi Newt — disse Angela, por fim. — Tenho certeza disso.

— Fui eu ou você — meditou Frank, muito pensativo.

—Você pegou os três potes na prateleira da cozinha — disse Angela. — Só no dia seguinte conseguimos as três garrafinhas térmicas.

— Isso mesmo — Frank concordou. — E depois você pegou um picador de gelo e quebrou em pedaços o *gelo-nove* que estava na caçarola.

— Exatamente — disse Angela. — Foi o que eu fiz. E então alguém trouxe as pinças que estavam no banheiro.

Newt levantou a mãozinha:

— Eu.

Angela e Frank ficavam impressionados, lembrando da iniciativa demonstrada pelo pequeno Newt.

— Fui eu quem pegou as lascas e as colocou nos vidros de comida — Newt narrou o episódio. Ele não se preocupou em esconder o orgulho que sentia com essa atitude.

— O que vocês fizeram com o cachorro? — perguntei, hesitante.

— Nós o colocamos no forno — Frank disse. — Era a única coisa a fazer no momento.

"História!", escreve Bokonon. "Leia a história e chore!"

114

Quando senti a bala penetrar em meu coração

E então, mais uma vez subi as escadas em espiral da minha torre, mais uma vez cheguei ao parapeito mais alto do meu castelo e mais uma vez contemplei meus convidados, meus criados, meu penhasco e meu mar de águas mornas.

Os Hoenikker estavam comigo. Trancamos a porta do quarto de "Papa" e espalhamos para todos os empregados da casa que o "Papa" estava se sentindo bem melhor.

Nesse momento, os soldados construíam uma pira funerária perto do gancho. Não sabiam com que finalidade.

Havia muitos, muitos segredos naquele dia.

Gira, gira, gira.

Pensei que estava na hora de começar a cerimônia e disse a Frank para sugerir ao embaixador Horlick Minton que começasse seu discurso.

O embaixador Minton foi até o parapeito que dava para o mar, a coroa de flores do memorial ainda dentro da valise. E ele fez um excelente discurso em honra dos Cem Mártires da Democracia. Dignificou os mortos, seu país e a vida que morreu com eles dizendo "Cem Mártires da Democracia" no dialeto da ilha. Aquele fragmento de dialeto veio gracioso e fácil em seus lábios.

O resto do discurso foi proferido em inglês americano. Ele tinha uma cópia do discurso escrito — devia ser pomposo e bombástico, imagino. Contudo, quando descobriu que falaria a tão poucos, e a colegas americanos em sua maioria, deixou de lado o discurso formal.

Uma leve brisa marítima agitou seus cabelos ralos:

— Estou prestes a fazer algo impróprio a um embaixador — ele declarou. — Estou prestes a dizer a vocês como me sinto de verdade.

Talvez Minton tivesse inalado muita acetona ou talvez tivesse pressentido o que estava para acontecer com todos, menos comigo. De qualquer forma, foi um discurso claramente bokononista o que ele fez.

— Amigos, estamos aqui reunidos — ele disse — para honrar *uoz Sien-ehn Marr-tieehrz dia Diemoo-craz-yía,* crianças mortas, todas mortas, todas assassinadas na guerra. É normal em dias assim chamar tais crianças perdidas de *homens.* Não posso chamá-las de homens por um simples motivo: na mesma guerra em que morreram *uoz Sien-ehn Marr-tieehrz dia Diemoo-craz-yía,* meu próprio filho morreu.

"Minha alma insiste que eu não lamente por um homem, mas por uma criança.

"Não estou dizendo que as crianças não morrem como homens na guerra, se for realmente a hora delas. Para sua honra eterna e nossa eterna vergonha, elas *realmente* morrem como homens, tornando possível, assim, o júbilo viril nos feriados patrióticos.

"Mas isso não muda o fato de que são crianças assassinadas.

"E proponho a vocês, para prestarmos nossos sinceros respeitos às cem crianças perdidas de San Lorenzo, que passemos o dia desprezando justamente aquilo que as matou: a estupidez e a violência de toda a humanidade.

"Talvez, para manter viva a lembrança das guerras, devêssemos tirar nossas roupas, pintar o corpo de azul e grunhir como porcos, permanecendo assim durante os quatro dias. Certamente isso seria mais apropriado do que nobres discursos e exibições de bandeiras e armas polidas.

"Não quero parecer ingrato com a excelente exibição marcial que veremos em breve, e que espetáculo animado ela será..."

Olhou cada um de nós nos olhos e então disse muito gentilmente:

— E viva os espetáculos animados, digo eu.

Tivemos de nos esforçar para ouvir suas próximas palavras:

— Mas se o dia de hoje for realmente em honra de cem crianças assassinadas na guerra — ele disse —, é adequado termos um espetáculo animado neste dia? A resposta é sim, com uma condição: que nós, que celebramos, trabalhemos consciente e incansavelmente para acabar com a estupidez e a violência que vive dentro de nós mesmos e em toda a humanidade.

Ele abriu o fecho da sua valise.

— Estão vendo o que eu trouxe? — ele nos perguntou.

Abriu a valise e nos mostrou o forro escarlate e a coroa de flores dourada. A coroa era feita com arame e folhas de louro artificiais, pintada por cima com tinta spray.

A coroa de flores levava uma faixa de seda cor de creme com as palavras: "PRO PATRIA".

Minton recitou, então, um poema de Edgar Lee Masters, tirado do livro *Spoon River Anthology*.* que deve ter soado incompreensível aos san lorenzanos na plateia — e também a H. Lowe Crosby e Hazel, Angela e Frank:

---

* Coleção de pequenos poemas em versos livres publicada em 1915, que narra os epitáfios dos moradores da cidadezinha fictícia de Spoon River. O poema citado é o 26: "Knowlt Hoheimer". [N. de E.]

Eu fui um dos primeiros frutos caídos na Batalha de
[Missionary Ridge.
Quando senti a bala penetrar em meu coração
Desejei ter ficado em casa e ido para a prisão
Por roubar os porcos de Curl Trenary,
Em vez de fugir e me alistar no exército.
Prefiro mil vezes a prisão do condado
A jazer sob essa figura de mármore com asas,
E esse pedestal de granito
Com as palavras "*Pro Patria*" gravadas.
O que isso quer dizer, afinal?

— O que isso quer dizer, afinal? — repetiu o embaixador Horlick Minton. — Isso quer dizer "pela pátria". — E acrescentou, murmurando: — Qualquer pátria.

"Esta coroa de flores que trago comigo é um presente do povo de um país para o povo de outro país. Não importa que países sejam. Pensem no povo...

"E nas crianças assassinadas em guerras...

"E em qualquer país.

"Pensem na paz.

"Pensem no amor fraternal.

"Pensem em abundância.

"Pensem no paraíso que seria este mundo se os homens fossem bondosos e sábios.

"Mesmo com homens estúpidos e violentos, este é um dia adorável. Eu, com todo o meu coração e como representante do povo amante da paz dos Estados Unidos da América, lamento que *uoz Sien--ehn Marr-tieehrz dia Diemoo-craz-yí* estejam mortos neste dia lindo."

E jogou a coroa de flores do parapeito.

Ouviu-se um zumbido no ar. Os seis aviões da Força Aérea de San Lorenzo estavam vindo, agitando meu mar de águas mornas. Iam atirar nas efígies que H. Lowe Crosby chamou de "praticamente todos os inimigos da liberdade".

115

Acontece

Fomos para o parapeito ver o espetáculo. Os aviões no céu não eram maiores do que um grão de pimenta. Acontece que um deles estava soltando fumaça, por isso conseguíamos vê-los.

Achamos que a fumaça era parte do espetáculo.

Fiquei ao lado de H. Lowe Crosby. Acontece que ele estava comendo albatroz e bebendo rum nativo, alternadamente. Seus lábios, brilhantes com a gordura de albatroz, exalavam vapores de cola de aeromodelo. Minha náusea voltou.

Retirei-me sozinho para o parapeito, desesperado por ar fresco. Havia dezoito metros de pedra entre mim e o resto dos espectadores.

Sabia que os aviões voariam baixo, rente à base do castelo, e que eu perderia o espetáculo, mas a náusea havia acabado com minha curiosidade. Virei a cabeça na direção do ronco dos aviões que se aproximavam. Assim que as armas começaram a disparar, um avião, o que estava soltando fumaça, apareceu subitamente em chamas, de barriga para cima.

Ele saiu de novo do meu campo de visão e por fim bateu contra o penhasco sob o castelo. As bombas e o combustível explodiram.

Os aviões sobreviventes foram embora, o barulho diminuindo até restar só o zumbido de um mosquito.

Ouvimos, então, o barulho de deslizamento de pedras — e uma das grandes torres do castelo de "Papa", arruinada, espatifou-se no mar.

As pessoas que estavam no parapeito frente ao mar olhavam espantadas para a cavidade vazia onde a torre tinha estado. Então ouvimos os barulhos de vários deslizamentos de pedras, em grau menor ou maior, como uma espécie de conversa quase orquestral.

A conversa começou a ficar mais rápida, e novas vozes juntaram-se a ela. Eram as vozes da madeira que sustentava o castelo, reclamando que seu fardo estava se tornando pesado demais.

E então uma rachadura cruzou o parapeito como um raio, a três metros dos meus pés tortos.

A rachadura me separou dos meus companheiros.

O castelo gemeu e chorou alto.

Os outros compreenderam o perigo. Perceberam que eles mesmos e toneladas de alvenaria seriam abandonados à própria sorte. Embora a rachadura tivesse apenas 30 centímetros de largura, as pessoas começaram a atravessar com saltos heroicos.

Apenas minha tranquila Mona atravessou a rachadura com um simples passo.

A rachadura rangeu, aumentando de tamanho, furtivamente. Ainda presos na armadilha mortal que era aquela rampa inclinada estavam H. Lowe Crosby e sua Hazel e o embaixador Horlick Minton e sua Claire.

Philip Castle, Frank e eu conseguimos nos esticar, cruzando o abismo e trazendo os Crosby para a parte segura da rachadura. Nossos braços em súplica estavam estendidos agora para os Minton.

A expressão no rosto deles era imperturbável. Só posso tentar adivinhar o que se passava em suas mentes. Meu palpite é que pensavam em manter a dignidade e o equilíbrio emocional acima de tudo.

Entrar em pânico não era o estilo deles. Duvido que o suicídio também fosse. No entanto, suas boas maneiras os mataram, pois a parte destruída do castelo onde estavam agora se afastava de nós, assim como um transatlântico se afasta de um cais.

A imagem de uma viagem parece ter ocorrido também aos viajantes Minton, pois eles acenaram para nós com frágil amabilidade.

Deram as mãos.

Ficaram olhando o mar.

E lá foram eles, e então, caindo em um estrondo rápido e cataclísmico, desapareceram!

116

O grande *ah-huum*

O abismo estava agora a centímetros dos meus pés tortos. Olhei para baixo. Meu mar de águas mornas havia tragado tudo. Uma lenta cortina de poeira flutuava sobre o oceano, o único vestígio do desmoronamento.

A enorme fachada do palácio que dava para o mar, agora destruída, saudava o norte com um sorriso de leproso, com dentes quebrados e cheio de cerdas. As cerdas eram as pontas das lascas de madeira. Bem abaixo de mim, uma grande sala havia perdido as paredes. O piso dessa sala, desamparado, projetava-se no espaço como um trampolim.

Por um momento sonhei em me jogar no trampolim, em saltar como uma mola para um mergulho maravilhoso, em abrir os braços, cortar o ar e cair em uma eternidade morna, sem nunca chegar à água.

Acordei do sonho com o grito de um pássaro que voava em disparada sobre mim. Parecia que ele estava me perguntando o que tinha acontecido.

— Piu, piu, piu? — ele perguntou.

Todos olhamos para o pássaro e então para outros, que, como ele, voavam no céu.

Recuamos para longe do abismo, aterrorizados. E quando me afastei do bloco de pedra aos meus pés, a pedra começou a balançar. Era tão estável quanto uma gangorra. E começou a se inclinar em direção ao trampolim.

E então caiu direto no trampolim e fez dele uma rampa. E pela rampa vieram escorregando os móveis que ainda restavam no quarto abaixo.

Um xilofone disparou primeiro, escorregando veloz em suas rodinhas. Depois veio uma mesa de cabeceira disputando uma corrida maluca com um maçarico. Depois vieram cadeiras em alta velocidade.

E, em algum lugar daquele quarto abaixo, fora do nosso campo de visão, algo muito mais pesado começava a se mover.

Deslizava em direção ao trampolim. Por fim, vimos a proa dourada. Era a cama na qual jazia o cadáver do "Papa". Chegou até a ponta do trampolim. A proa balançou. Ficou pendurada. Começou, por fim, a cair.

O corpo do "Papa" foi arremessado para longe, e caiu separadamente.

Fechei os olhos.

Houve um som, como se alguém fechasse gentilmente um portal tão grande como o céu, o som das imensas portas do céu sendo fechadas suavemente. Foi um grande AH-HUUM.

Abri os olhos — e o mar inteiro era *gelo-nove*.

A Terra úmida e verde era uma pérola branco-azulada.

O céu escureceu. *Borarisi*, o Sol, era uma débil bola amarela, pequena e cruel.

O céu se encheu de vermes. Os vermes eram tornados.

117

Santuário

Olhei para o céu onde havia pouco voava o pássaro. Bem acima da minha cabeça havia um verme imenso de boca roxa. Zumbia como um enxame de abelhas. Balançava ao sabor do vento. Sugava o ar, com movimentos peristálticos obscenos.

Nós, humanos, nos separamos: eu corri pelo meu parapeito despedaçado, tropeçando nas escadas do lado terrestre do castelo. Apenas H. Lowe Crosby e sua Hazel gritaram.

— Americanos! Americanos! — gritavam, como se os tornados estivessem interessados nos *granfalloons* de suas vítimas.

Eu não conseguia ver os Crosby. Eles haviam descido por outra escada. Seus gritos e o som de outras pessoas, correndo e ofegando, chegaram até mim através de um dos corredores do castelo. Minha única companhia era minha celestial Mona, que me seguira em silêncio.

Quando hesitei quanto ao caminho a percorrer, ela passou por mim e abriu a porta para a antessala da suíte de "Papa". As paredes e o telhado haviam desaparecido. Mas o piso de pedra continuava lá. Bem no meio dele, havia a tampa para a entrada do calabouço. Sob o céu de vermes, na luz roxa piscante das bocas dos tornados que desejavam nos devorar, levantei a tampa.

O esôfago do calabouço tinha degraus de ferro acoplados. Depois que eu e Mona entramos, fechei a tampa por dentro. E lá fomos nós descer os degraus de ferro.

Ao pé da escada, descobrimos um segredo de estado. "Papa" Monzano havia mandado construir um aconchegante abrigo antiaéreo ali. Havia um poço de ventilação com um ventilador movido por uma bicicleta ergométrica. Um tanque de água estava encaixado na parede. A água era doce e líquida, não contaminada pelo *gelo-nove*. Havia um banheiro químico, um rádio de ondas curtas e um catálogo da Sears. Também vi caixas de comida, garrafas de bebidas e velas. E havia uma coleção da *National Geographic* de vinte anos antes.

E havia um conjunto de *Os livros de Bokonon*.

E camas de solteiro.

Acendi uma vela. Abri uma lata de sopa Campbell sabor galinha e a pus para cozinhar num fogão Sterno. E enchi duas taças com rum das Ilhas Virgens.

Mona sentou-se em uma das camas. Eu me sentei na outra.

— Vou dizer uma coisa que provavelmente já foi dita por homens a mulheres muitas vezes — informei a Mona. — Contudo, acredito que jamais essas palavras tiveram maior significado do que agora.

— Sim?

Estendi as mãos:

— Enfim, sós.

118

A dama de ferro e o calabouço

O Sexto livro de *Os livros de Bokonon* é dedicado à dor, em especial às torturas infligidas por homens a homens.

"Se um dia me colocarem para morrer no gancho", Bokonon avisa, "podem esperar uma performance bem humana."

Então ele fala da roda, do esmaga-polegares, da dama de ferro, da *veglia*, também chamada de bola de ferro, e do calabouço:

> Em qualquer um desses casos, o choro é abundante.
> Mas só a dama de ferro te faz pensar e morrer no mesmo
> [instante.

E foi assim comigo e com Mona, em nosso útero de ferro. Pelo menos podíamos pensar. Pensei que as comodidades e o conforto do lugar não conseguiram diminuir o fato de que estávamos encerrados num calabouço.

Durante nosso primeiro dia e noite embaixo da terra, os tornados chacoalharam a tampa da entrada muitas vezes. Toda vez que isso acontecia, a pressão em nosso buraco subterrâneo caía subitamente, tapando os ouvidos e fazendo a cabeça zunir.

Quanto ao rádio, ele só transmitia estalos e uma estática oscilante, e isso era tudo. Do fim de uma faixa de ondas curtas a outra não era possível ouvir uma só palavra, nem um bipe de telégrafo. Se a vida ainda existia em algum lugar, não era transmitida por ondas de rádio.

A vida ainda não foi transmitida pelo rádio até os dias de hoje.

Presumi o seguinte: os tornados, espalhando a camada venenosa branco-azulada de *gelo-nove* para toda parte, acabaram com tudo e todos os que estavam na superfície. Qualquer ser ainda vivo morreria em breve de sede — ou fome, ou raiva, ou apatia.

Voltei-me para *Os livros de Bokonon*, ainda não suficientemente familiarizado com eles para acreditar que contivessem conforto espiritual em algum lugar. Passei rapidamente pelo aviso na página de rosto do *Primeiro livro*:

> Não seja tolo! Feche este livro imediatamente! Ele não passa de um monte de *fomas*!

Fomas, é claro, são mentiras.

E então, li o seguinte:

> No começo, Deus criou a Terra, e gostou dela, em Sua solidão cósmica.
>
> E Deus disse: "Nós faremos criaturas vivas a partir de lama, para que a lama veja tudo que Nós fizemos". E Deus criou cada criatura viva que se move, e uma delas era o homem. A lama em forma de homem podia falar. Deus se aproximou quando a lama em forma de homem se sentou, olhou em volta e falou. O homem piscou. "Qual é o *propósito* de tudo isso?", ele perguntou educadamente.
>
> "Tudo deve ter um propósito?", perguntou Deus.
>
> "Certamente", disse o homem.

"Então deixarei que você pense em um propósito para tudo isso", disse Deus. E Ele foi embora.

Achei a passagem um lixo.
"É claro que é lixo!", diz Bokonon.
E voltei-me à minha celestial Mona, em busca de um método mais animador e uma solução mais profunda e satisfatória.

Conseguia imaginar, enquanto a observava pelo espaço de nossas duas camas, que atrás daqueles olhos maravilhosos se escondiam mistérios tão antigos quanto Eva.

Não vou me ater ao sórdido episódio de sexo que se seguiu. Basta dizer que eu fui ao mesmo tempo repulsivo e repelido.

A garota não estava interessada em reprodução — odiava a ideia. Depois que a luta acabou, recebi dela, e de mim também, todo o crédito por ter inventado o método mais bizarro, barulhento e suado de gerar novos seres humanos.

Quando voltei para minha cama, rangendo os dentes, achei que ela sinceramente não fazia a menor ideia de como fazer amor. Mas então ela me disse, gentilmente:

— Seria muito triste ter um bebezinho agora. Não acha?
— Acho — concordei, mal-humorado.
— Bom, caso não saiba, é dessa forma que bebês são feitos.

119

Mona me agradece

"Hoje serei um ministro da Educação búlgaro", Bokonon diz, "Amanhã serei Helena de Troia." O significado disso é claro como o dia: devemos ser o que somos. E, lá embaixo no calabouço, foi essencialmente o que pensei — com a ajuda de *Os livros de Bokonon*.

Bokonon me convidou a cantar com ele:

>Fazemos, o que faaazemos, o que faaazemos, o que
>[faaazemos,
>Porque devemos, nós, lama, deeevemos, nós, lama,
>[deeevemos, nós, lama, deeevemos,
>Como uma lama agir, como uma laaama agir, como uma
>[laaama agir, como uma laaama agir,
>Até explodir, nosso cooorpo explodir, nosso cooorpo
>[explodir, nosso cooorpo explodir.

Inventei uma melodia e assoviava enquanto respirava e pedalava a bicicleta que fazia o ventilador funcionar, o ventilador que nos dava ar, o bom e velho ar.

— O homem inspira oxigênio e expira gás carbônico — eu disse a Mona.

— O quê?
— Ciência.
— Ah.
— Este é um dos segredos da vida, que o homem levou muito tempo para entender: os animais respiram o que outros animais expiram, e vice-versa.
— Eu não sabia.
— Agora sabe.
— Obrigada.
— De nada.

Após pedalar a bicicleta até conseguir uma atmosfera agradável e fresca, desmontei e subi os degraus de ferro para ver como estava o tempo lá fora. Fazia isso várias vezes por dia. Naquele mesmo dia, o quarto dia, ergui a tampa e vi, pela meia-lua estreita da tampa de entrada, que o tempo havia se estabilizado de alguma forma.

A estabilidade era do tipo dinâmica e selvagem, pois os tornados continuavam tão abundantes quanto sempre, e naquele mesmo dia infestavam o céu. Mas as bocas não mais devoravam e mordiam a Terra. Em todas as direções, as bocas recuavam discretamente a uma altitude de cerca de quinhentos metros. A altitude variava tão pouco que San Lorenzo parecia coberta com uma cúpula de vidro à prova de tornados.

Esperamos mais três dias para sair, para termos certeza de que os tornados eram seguros de verdade, como aparentavam ser. Enchemos cantis com água do tanque e subimos à superfície.

O ar estava quente, seco e mortalmente parado.

Ouvi dizer uma vez que as estações do ano nas zonas temperadas tendiam a ser seis, em vez de quatro: verão, outono, quase inverno, inverno, degelo e primavera. E lembrei-me de que estava atrás da abertura do calabouço, então parei, ouvi e cheirei.

Não havia cheiro algum. Não havia movimento algum. Cada passo que eu dava produzia um barulho empedrado na crosta branco-azulada. E cada barulho fazia um grande eco. A estação do quase inverno tinha acabado. A Terra estava totalmente gelada.

Era inverno, agora e para sempre.

Ajudei minha Mona a sair de nosso buraco subterrâneo. Preveni-a de que mantivesse as mãos longe da crosta branco-azulada e também da boca:

— A morte nunca esteve tão próxima quanto agora — disse a ela. — Tudo o que deve fazer é tocar o chão, encostar a mão na boca e pronto, já era.

Ela sacudiu a cabeça e suspirou:

— Uma mãe muito ruim.

— O quê?

— A Mãe Terra... ela não é mais uma boa mãe.

— Olá? Olá? — gritei para as ruínas do palácio. Os ventos fortíssimos haviam criado cânions nas grandes pilhas de pedra. Eu e Mona fizemos uma busca por sobreviventes, mas sem muita convicção; sem muita convicção porque não achamos nenhum sinal de vida. Nem mesmo um camundongo de nariz lustroso havia sobrevivido.

O arco do portão do palácio era a única construção feita pelo homem que permanecia intocada. Eu e Mona fomos até lá. Em sua base havia um "Calipso" bokononista escrito com tinta branca e uma letra bonita. A inscrição era recente. Era a prova de que mais alguém havia sobrevivido aos ventos.

O "Calipso" era o seguinte:

> Um dia, um dia, este mundo louco terá fim,
> E nosso Deus pedirá de volta o que emprestou a você e
> [a mim.
> E se, nesse dia triste, com nosso Criador você quiser ralhar,
> Vá em frente, não hesite. Ele vai sorrir e acenar.

120

A quem possa interessar

Lembrei-me de um anúncio de uma série de livros infantis chamada *O livro do saber*. Nesse anúncio, um menino e uma menina confiantes estão falando com o pai. "Papai", um deles diz, "Por que o céu é azul?" A resposta, presumivelmente, poderia ser encontrada em *O livro do saber*.

Se meu pai estivesse comigo e com Mona enquanto descíamos a estrada do castelo, eu perguntaria várias coisas para ele, segurando sua mão. "Papai, por que todas as árvores foram destruídas? Papai, por que os pássaros morreram? Papai, por que o céu está doente e cheio de vermes? Papai, por que o mar ficou duro e parado?"

Ocorreu-me que eu era mais qualificado para responder essas perguntas difíceis do que qualquer outro ser humano vivo. Caso alguém se interessasse, eu sabia o que tinha dado errado — onde e como.

Então o que era?

Fiquei me perguntando onde estavam os mortos. Mona e eu nos aventuramos por mais de dois quilômetros além do calabouço sem ver um ser humano morto.

Não estava tão curioso em ver os vivos, provavelmente porque bem sabia que antes de tudo teria de ver muitos mortos. Não vi colunas de fumaça de possíveis fogueiras, mas, de qualquer forma, elas seriam difíceis de ver contra um horizonte infestado de vermes.

Uma coisa chamou minha atenção: um halo roxo sobre a rolha estranha, o pico da corcova do Monte McCabe. Ela parecia me chamar, e tive a tola e cinematográfica ideia de subir o pico com Mona. O que será que era aquilo?

Agora caminhávamos pelos sulcos ao pé do Monte McCabe. E Mona, como se andasse sem rumo, deixou-me sozinho e saiu da trilha, seguindo por um dos sulcos. Fui atrás dela.

Juntei-me a ela no topo da montanha. Ela estava de cabeça baixa, extasiada, olhando para uma grande encosta natural. Não estava chorando.

Poderia muito bem ter chorado.

Na encosta havia milhares e milhares de cadáveres. Nos lábios de cada morto, uma crosta branco-azulada de *gelo-nove*.

Os corpos dos mortos não estavam espalhados ou caídos, logo, era óbvio que eles haviam se reunido depois que os terríveis ventos diminuíram. E, já que todo cadáver tinha o dedo enfiado na boca ou próximo dela, concluí que as pessoas tinham ido até aquele lugar melancólico e então se envenenado com *gelo-nove*.

Havia homens, mulheres e também crianças, muitos na posição de *boko-maru*. Todos encaravam o centro da encosta, como espectadores em um anfiteatro.

Eu e Mona contemplamos aqueles olhos congelados e o centro da encosta. Havia uma clareira no meio, onde provavelmente um orador estivera.

Nos aproximamos cautelosamente da clareira, evitando contato com as mórbidas estátuas. Achamos uma pedra, e, embaixo da pedra, um bilhete escrito a lápis, que dizia:

A quem possa interessar: as pessoas à sua volta são quase todos os que sobreviveram aos ventos que se seguiram após o congelamento do mar. Essas pessoas capturaram o falso homem santo chamado Bokonon. Trouxeram-no até aqui, colocaram-no na clareira e ordenaram que lhes dissesse exatamente quais eram as intenções de Deus Todo-Poderoso e o que deveriam fazer agora. O charlatão lhes disse que era óbvio que Deus estava tentando matá-los provavelmente porque já se cansara deles, e que deveriam ser educados e morrer. Como pode ver, foi o que fizeram.

O bilhete estava assinado por Bokonon.

121

Eu demoro demais para responder

— Que cínico! — bufei. Levantei os olhos do bilhete e olhei em torno da encosta repleta de mortos. — *Ele* está aqui por perto?

— Não o vejo por aqui — disse Mona, brandamente. Ela não estava triste ou zangada. Na verdade, parecia prestes a rir. — Ele sempre disse que nunca seguiria o próprio conselho, porque sabia que não valia nada.

— Ele *deveria* estar aqui! — eu disse, amargamente. — Pense na audácia desse homem em aconselhar todas essas pessoas a se matarem!

E então Mona riu. Eu nunca tinha ouvido sua risada. Era profunda e áspera.

— Qual é a *graça*?

Ela ergueu os braços preguiçosamente.

— É tão simples, resolve tudo de uma só vez, tão simples.

E andou por entre as milhares de estátuas petrificadas, ainda rindo. Parou na metade do caminho da ladeira e olhou para mim. Disse:

— Se você pudesse, ressuscitaria um desses coitados? Responda rápido.

Ela mesma respondeu depois de meio minuto, brincalhona:

— Demorou demais.

E, ainda rindo, encostou o dedo no chão, levantou-se, encostou o dedo na boca e morreu.

Se eu chorei? Dizem que sim. H. Lowe Crosby, sua esposa Hazel e o pequeno Newton Hoenikker me encontraram caído na estrada. Dirigiam o único táxi de Bolivar, que tinha sido poupado pela tempestade. Falaram que eu estava chorando quando me encontraram. Hazel chorou também, mas de alegria, ao ver que eu estava vivo.

Convenceram-me a entrar no táxi.

Hazel me envolveu em seus braços:

—Você está com a mamãe agora. Não se preocupe.

Não pensei em mais nada. Fechei os olhos. Foi com um alívio absurdo e profundo que me abandonei àquela ampla massa de carne úmida.

122

A família Robinson suíça

Eles me levaram até o que sobrara da casa de Franklin Hoenikker, a casa no topo da cachoeira. O que tinha sobrado era a caverna embaixo da cachoeira, que havia virado uma espécie de iglu embaixo de um domo branco-azulado e translúcido de *gelo-nove*.

O *ménage* consistia em Frank, o pequeno Newt e os Crosby. Eles haviam conseguido sobreviver escondidos em uma das masmorras do palácio, uma bem menos protegida e agradável do que o nosso calabouço. Haviam subido à superfície assim que os ventos diminuíram, enquanto eu e Mona permanecemos sob a terra por mais três dias.

Acontece que encontraram o milagroso táxi esperando por eles embaixo do arco no portão do palácio. Acharam uma lata de tinta branca. Nas portas do táxi Frank havia pintado estrelas brancas e no chão, as letras de um *granfalloon*: EUA.

— E você deixou a lata de tinta embaixo do arco — eu disse.

— Como você sabe? — perguntou Crosby.

— Alguém veio depois e usou para escrever um poema.

Acabei não perguntando como Angela Hoenikker Conners, Philip e Julian Castle encontraram seu fim, porque teria de falar também sobre Mona. Ainda não estava preparado para fazer isso.

Eu particularmente não queria discutir a morte de Mona, já que os Crosby e o pequeno Newt pareciam inapropriadamente felizes enquanto rodávamos no táxi.

Hazel me deu uma pista de toda aquela alegria:

— Espere para ver onde moramos. Temos um monte de coisas boas para comer. Sempre que queremos água, fazemos uma fogueira e derretemos um pouco. Somos a família Robinson suíça.*

---

* Referência ao romance *The Swiss Family Robinson*, de Johann David Wyss. Publicado em 1812, o livro conta a história de uma família suíça que se perde no mar e acaba em uma ilha tropical deserta, onde precisam aprender a sobreviver. [N. de E.]

123

Sobre ratos e homens

Passaram-se seis meses curiosos — os seis meses nos quais escrevi este livro. Hazel foi bem precisa em chamar nossa pequena sociedade de família Robinson suíça, afinal, havíamos sobrevivido a uma tempestade, estávamos isolados, e a vida acabara se tornando bem fácil, na verdade. Não deixava de ter um certo charme à la Walt Disney.

Nenhuma planta ou animal havia sobrevivido, é verdade. Mas o *gelo-nove* preservara porcos, vacas, pequenos cervos, e pilhas de pássaros e frutas. Ou seja, era só degelar e preparar a comida quando nos apetecesse. Além disso, para engrossar a boia, havia toneladas de enlatados nas ruínas de Bolivar. E aparentemente éramos as únicas pessoas vivas em San Lorenzo.

Comida não era um problema, nem abrigo e roupas. Afinal, o clima estava sempre seco, quente e morto. Estávamos perfeitamente — e monotonamente — saudáveis. Parecia que os germes também estavam mortos, ou pelo menos haviam tirado uma soneca.

Nossa adaptação tornou-se tão satisfatória, tão complacente, que ninguém reclamou ou se admirou quando Hazel disse:

— Uma coisa boa é que não há mais mosquitos.

Ela estava sentada em um banco de três pernas, na clareira onde tinha existido a casa de Frank. Estava costurando, unindo tiras de pano vermelhas, brancas e azuis. Assim como Betsy Ross, estava fazendo a bandeira dos Estados Unidos. Ninguém cometeu a indelicadeza de dizer que o vermelho estava na verdade mais para um tom rosa de pêssego, que o azul estava mais para verde, e que as cinquenta estrelas que ela tinha recortado estavam mais para estrelas de Davi de seis pontas do que para estrelas americanas de cinco pontas.

Seu marido, que sempre fora um bom cozinheiro, acendera uma fogueira e agora preparava um ensopado fumegante em uma panela de ferro. Ele preparava toda a comida para nós, adorava cozinhar.

— Parece bom e cheira bem — comentei.

Ele piscou:

— Não matem o cozinheiro. Ele está fazendo o melhor que pode.

Ao fundo dessa agradável conversa, era possível ouvir o insistente "bi-biii" e "da-daaa" do transmissor automático de s.o.s. que Frank havia construído. O aparelho pedia ajuda dia e noite.

— Salve nossas almaaas — Hazel entoou, cantando junto com o transmissor enquanto costurava. — Salve nossas almaaas.

— E como está indo o livro? — ela me perguntou.

— Muito bem, mamãe, muito bem.

— Quando vai mostrá-lo para nós?

— Quando estiver pronto, mamãe, quando estiver pronto.

— Vários escritores famosos eram *hoosiers*.

— Eu sei.

— Você será mais um em uma longa, longa linhagem. — Sorriu, esperançosa. — É um livro engraçado?

— Espero que sim, mamãe.

— Adoro uma boa risada.

— Sei que adora.

— Cada um de nós é especialista em algo, tem algo a acrescentar ao outro. Você escreve livros que fazem a gente rir, Frank faz coisas científicas, o pequeno Newt pinta quadros para nós, eu costuro e Lowie cozinha.

— "Muitas mãos tornam o trabalho bem mais leve." Um velho provérbio chinês.

— Os chineses eram bem espertos para algumas coisas.

— Sim, devemos manter essa memória viva.

— Queria ter estudado mais.

— Bem, não é algo fácil, mesmo nas condições ideais.

— Queria ter estudado mais coisas.

— Todo mundo se arrepende de algo, mamãe.

— Não adianta chorar pelo leite derramado.

— Como diria o poeta, mamãe: "De todas as palavras sobre ratos e homens, as mais tristes delas são 'Poderia ter sido'".*

— Isso é lindo, e muito verdadeiro.

---

* Vonnegut faz referência ao poema "To a Mouse", do escocês Robert Burns, cujos versos inspiraram o escritor John Steinbeck a escrever o clássico americano *Sobre ratos e homens*. [N. de E.]

124

A fazenda de formigas de Frank

Detestei ver que Hazel estava quase terminando de costurar a bandeira, porque ela havia me incluído em seus planos confusos de fazê-la tremular. Ela enfiou na cabeça que eu havia concordado em fincar aquela coisa horrorosa no pico do Monte McCabe.

— Se Lowe e eu fôssemos mais jovens, nós mesmos faríamos isso. A única coisa que podemos fazer agora é lhe entregar a bandeira e desejar boa sorte na missão.

— Mamãe, fico pensando se esse é o melhor lugar para colocar a bandeira.

— E que outro lugar seria melhor?

—Vou pensar um pouco e depois te digo. — Pedi licença e desci para a caverna para ver o que Frank estava fazendo.

Ele não estava fazendo nada de novo. Observava uma fazenda de formigas que havia construído. Ao cavar fundo, Frank encontrara algumas formigas sobreviventes no mundo tridimensional das ruínas de Bolivar, e então reduziu as dimensões a duas fazendo um sanduíche de formiga e terra entre duas paredes de vidro. Tudo que as formigas faziam, Frank observava e contava para os outros.

O experimento resolvera a curto prazo o mistério de como as formigas haviam sobrevivido num mundo sem água. Até onde sei, eram os únicos insetos sobreviventes, e conseguiram fazer isso formando com seus corpos pequenas bolas em volta de grãos de *gelo-nove*. Dessa forma, elas geravam no centro calor suficiente para matar metade das suas companheiras formigas e produzir uma única gota de suor. O suor era bebível. Os cadáveres das formigas eram comestíveis.

— Comamos, bebamos e nos alegremos, pois amanhã morreremos — eu disse a Frank e a suas pequenas canibais.

A resposta dele era sempre a mesma. Um sermão mal-humorado explicando tudo o que as pessoas poderiam aprender com as formigas.

Minhas respostas também eram automáticas:

— A natureza é linda, Frank. A natureza é linda.

— Sabe por que as formigas são tão evoluídas? — ele me perguntou, pela milésima vez. — Elas *co-o-pe-ram*.

— Essa é uma palavra danada de boa, cooperação.

— Quem as *ensinou* a fazer água?

— Quem *me* ensinou a fazer água?

— Essa é uma resposta idiota e você sabe disso.

— Desculpe.

— Houve uma época em que eu levava a sério as respostas idiotas que as pessoas davam. Já superei isso.

— Um grande acontecimento.

— Fiz um bom negócio.

— Às custas do mundo. — Eu podia dizer coisas como essa para Frank com absoluta certeza de que ele não as ouvia.

— Houve uma época em que as pessoas me enganavam facilmente porque eu não tinha autoconfiança.

— A mera redução do número de pessoas na face da Terra já alivia bastante seus problemas sociais — sugeri. Novamente, eram sugestões feitas a um homem surdo.

— Me *diga*, me *diga* quem ensinou essas formigas a fazer água — ele me desafiou de novo.

Várias vezes eu tinha respondido que Deus havia ensinado as formigas a fazer água, uma ideia óbvia. E sabia, por experiência própria, que ele não rejeitaria nem aceitaria essa teoria. Frank simplesmente ficaria cada vez mais zangado e repetiria a pergunta de novo e de novo.

Afastei-me dele, como *Os livros de Bokonon* me tinham aconselhado: "Cuidado com o homem que fica obcecado com a ideia de aprender algo, ele aprende essa coisa e descobre que não ficou mais sábio por causa disso", diz Bokonon. "Ele tem um ressentimento assassino contra as pessoas ignorantes, que assim o são naturalmente, sem terem tido todo o trabalho que ele teve."

Fui procurar nosso pintor, o pequeno Newt.

125

Os tasmanianos

Encontrei o pequeno Newt a uns quinhentos metros da caverna, pintando uma porcaria de quadro, uma paisagem. Perguntou-me se o levaria de carro até Bolivar para procurar tintas. Ele não conseguia dirigir, não alcançava os pedais.

Partimos, e no caminho perguntei se ele ainda sentia desejo sexual. Reclamei que não sentia mais nada — nada, nem ao menos sonhava com isso.

— Eu sempre sonhava com mulheres bem mais altas, de seis, nove, doze metros de altura — ele me contou. — Agora? Meu Deus, nem me lembro mais do rosto da minha anã ucraniana.

Lembrei-me de algo que li sobre os aborígenes tasmanianos, geralmente tidos como indivíduos nus que, ao depararem com o homem branco no século 17, não conheciam a agricultura, pecuária, nenhum tipo de arquitetura e, possivelmente, nem mesmo o fogo. Pelos olhos dos homens brancos, eles eram considerados tão desprezíveis que os primeiros colonizadores, criminosos vindos da Inglaterra, os caçavam por esporte. Os aborígenes acharam essa vida tão terrível que desistiram de se reproduzir.

Sugeri a Newton que a nossa desesperança podia ser atribuída a uma causa semelhante.

Newt fez uma observação sagaz:

— Imagino que a excitação que sentimos na cama tem mais a ver com a possibilidade de perpetuar a raça humana do que muitos imaginam.

Claro, se tivéssemos uma mulher jovem entre nós, isso poderia mudar radicalmente a situação. A pobre e velha Hazel nem ao menos conseguiria gerar um mongoloide.

Newt revelou-me que sabia bastante sobre mongoloides. Ele já tinha frequentado uma escola especial para crianças excepcionais e vários dos seus colegas de classe eram mongoloides.

— A melhor escritora da classe era uma mongoloide chamada Myrna. Quero dizer, na verdade, era em caligrafia que ela era boa. Meu Deus, eu não pensava nela fazia anos.

— Era uma boa escola?

— Só me lembro do que o diretor costumava falar o tempo todo. Ele sempre berrava com a gente pelo alto-falante por causa de alguma coisa que havíamos feito, e sempre começava a gritar do mesmo jeito: "Estou cansado de...".

— Isso chega bem perto de descrever como me sinto a maior parte do tempo.

— Talvez você deva se sentir assim.

— Você fala como um bokononista, Newt.

— E por que não? Até onde sei, o bokononismo é a única religião que menciona os anões.

Antes de começar a escrever o livro, estudei bastante *Os livros de Bokonon*, mas a referência aos anões havia passado em branco. Fiquei grato a Newt por ter chamado minha atenção a isso, afinal, a citação capturava em um dístico o cruel paradoxo do pensamento bokononista: o quão terrível era a necessidade de mentir sobre a realidade, e o quão terrível era a impossibilidade de fazer isso.

> Anão, anão, anão, como se vangloria e pestaneja,
> Porque sabe que o tamanho do homem é igual ao que
> [ele pensa e deseja!

126

Dai-nos, flautas, vosso tom

— Que religião *deprimente*! — exclamei. Direcionei nossa conversa às utopias, sobre o quanto haviam sido fortes, sobre o que deveriam ter sido e sobre quão fortes ainda poderiam ser, se o mundo descongelasse.

Mas Bokonon já havia ido por esse caminho, já escrevera um livro inteiro sobre utopias, o *Sétimo livro*, que intitulara *A República de Bokonon*. No livro, há os seguintes medonhos aforismos:

> A mão que abastece as farmácias herdará o mundo.
> Iniciaremos nossa república com uma cadeia de farmácias, uma cadeia de mercadinhos, uma cadeia de câmaras de gás e um esporte nacional. Depois disso, podemos escrever nossa Constituição.

Xinguei Bokonon de crioulo desgraçado e mudei de assunto de novo. Falei de profundos e significativos atos heroicos. Elogiei, em especial, a forma como Julian Castle e seu filho haviam escolhido morrer. Mesmo com os furiosos tornados, eles resolveram ir a pé até a Casa da Misericórdia e da Esperança na Selva para conceder a misericórdia e a esperança que pudessem às pessoas. Também vi grandeza na forma como a pobre Angela havia morrido. Ela pegou um clarinete que achou jogado nas ruínas de Bolivar e começou a tocá-lo imediatamente, sem se preocupar se poderia estar contaminado com *gelo-nove*.

— Dai-nos, flautas, vosso tom* — murmurei roucamente.

— Bom, talvez você também consiga encontrar uma forma digna de morrer — disse Newt.

Era uma coisa bokononista de se dizer.

Não resisti e contei a ele o meu sonho de escalar o Monte McCabe com algum símbolo magnífico e plantá-lo lá. Tirei minhas mãos do volante por um instante só para mostrar a Newt o quão vazias de simbologia elas eram.

— Mas que diabos, Newt, qual *seria* o símbolo certo? Qual *seria* o símbolo certo? — Peguei de novo o volante. — É isso, é o fim do mundo; e aqui estou eu, praticamente o último homem na Terra, e aqui está a montanha mais alta à vista. Eu sei agora a finalidade do meu *karass*, Newt. Levou quase meio milhão de anos até que eu chegasse a essa montanha. — Sacudi a cabeça e quase chorei: — Mas o quê, pelo amor de Deus, deve estar nas minhas mãos?

Enquanto perguntava isso, olhei pela janela do carro, às cegas, tão às cegas que percorri mais de dois quilômetros até perceber que tinha visto um velho negro, um homem negro e vivo, sentado no acostamento da estrada.

Diminuí a velocidade. Parei. Cobri meus olhos.

— Qual é o problema? — perguntou Newt.

—Vi Bokonon lá atrás.

---

* Trecho do poema "Ode sobre uma urna grega", de John Keats, na tradução de Augusto de Campos. [N. de. T.]